广西全民阅读书系

星际战争

[英] 赫伯特·乔治·威尔斯 著

莫晨莉 译

中学版

广西全民阅读书系

广西出版传媒集团 广西科学技术出版社

图书在版编目（CIP）数据

星际战争 /（英）赫伯特·乔治·威尔斯著；莫晨莉译．-- 南宁：广西科学技术出版社，2025．4．
ISBN 978-7-5551-2481-8

Ⅰ．I561．45

中国国家版本馆 CIP 数据核字第 2025S9X805 号

XINGJI ZHANZHENG
星际战争

总 策 划　利来友

监　　制　黄敏娴　赖铭洪
责任编辑　邓　霞
责任校对　苏深灿
装帧设计　李彦媛　黄妙婕　杨若媛　韦娇林
责任印制　陆　弟
插图绘制　林　锐

出 版 人　岑　刚
出　　版　广西科学技术出版社
广西南宁市东葛路 66 号　邮政编码　530023
发行电话　0771-5842790
印　　装　广西民族印刷包装集团有限公司
开　　本　710mm × 1030mm　1/16
印　　张　11.5
字　　数　145 千字
版次印次　2025 年 4 月第 1 版　2025 年 4 月第 1 次印刷
书　　号　ISBN 978-7-5551-2481-8
定　　价　29.80 元

穿越星际的幻想与启示

在人类文学的璀璨星空中，科幻小说犹如闪耀的星辰，以其独特的魅力和深邃的内涵吸引着无数读者的目光。而《星际战争》（*The War of the Worlds*）无疑是这星辰中最耀眼的一颗，它不仅开创了科幻文学的新纪元，更以其对人类未来的深刻思考和警示，成为经典中的经典。我们有幸将这部伟大的作品翻译为中文版本重新呈献给读者，希望通过我们的翻译，能让更多读者领略到这部杰作的非凡魅力。

《星际战争》是英国著名作家赫伯特·乔治·威尔斯（H.G.Wells）的代表作之一，首次出版于 1898 年。威尔斯，这位被誉为“科幻小说之父”的作家，以其卓越的想象力和深刻的洞察力，在科幻文学领域留下了浓墨重彩的一笔。他不仅关注科技的发展对人类社会的影响，更深入探讨了人类在宇宙中的地位和未来。《星际战争》正是在这样的思想背景下诞生的，它以一种前所未有的方式，将人类置于外星文明的威胁之下，展现了一场惊心动魄的星际冲突。

这部小说的故事背景设定在十九世纪末的英国，讲述了火星人入侵地球的故事。火星人以其高度发达的科技和强大的军事力量，对地球发起了毁灭性的攻击。人类在这场突如其来的灾难面前显得渺小而无力，城市被摧毁，文明面临崩溃。然而，就在人类即将陷入绝望之时，火星人却因为地球上的微生物而灭亡，人类最终幸存下来。这个故事不仅充满了惊险和刺激，更蕴含着深刻的哲学思考。威尔斯通过这部作品，警示人类不要过度自信于自己的科技和文明，要时刻保持对未知的敬畏之心。

《星际战争》的价值不仅在于其精彩的故事情节，更在于它对人类社会的深刻反思。这部作品发表于十九世纪末，当时正是西方列强疯狂扩张、殖民主义盛行的时期。威尔斯通过火星人入侵地球的故事，隐喻了西方列强对其他民族的侵略和压迫，对殖民主义进行了深刻的批判。同时，这部作品也引发了人们对人类未来的思考：在宇宙中，人类是否是孤独的存在？如果存在外星文明，人类将如何面对？这些问题至今仍然是人类探索宇宙的重要课题。

自《星际战争》问世以来，这部作品已经被翻译成多种语言，在世界各地广泛传播。不同的翻译版本各有特色，但也都面临着一些挑战。一方面，威尔斯在原著中运用了大量的科学术语和复杂的叙述结构，这对翻译者的专业素养提出了很高的要求。另一方面，如何在翻译中保留原著的科幻氛围和哲学深度，同时又能让不同文化背景的读者易于理解，也是一个重要的问题。尽管如此，诸多译者仍在努力将这部经典作品呈献给全球读者，希望能让更多人领略到它的魅力。

本次翻译《星际战争》的中文版，我们力求做到忠实于原著，同时又符合中文读者的阅读习惯。在翻译过程中，我们深入研究了原著的背景和文化内涵，力求在语言表达上做到准确、流畅。我们保留了原著中的科学术语和专业概念，同时在注释中对一些难以理解的内容进行了详细解释，以便读者更好地理解故事背景和情节发展。此外，我们还特别注重保留原著的科幻氛围和哲学深度，通过精准的语言表达，让读者能够感受到这部作品的独特魅力。

本次翻译是在全球化背景下进行的。随着科技的飞速发展和文化交流的日益频繁，科幻文学作为一种跨越文化和语言障碍的文学形式，越来越受到全球读者的喜爱。《星际战争》作为科幻文学的经典之作，其影响力早已超越了时间和空间的限制。我们希望通过本次翻译，能让更多读者接触到这部伟大的作品，激发他们对宇宙和人类未来的思考。

《星际战争》不仅是一部科幻小说，更是一部充满智慧和启示的经典之作。它以其独特的视角和深刻的思考，为人类描绘了一个充满未知和挑战的未来世界。这部作品让我们明白，在浩瀚的宇宙中，人类只是渺小的存在，我们必须时刻保持谦逊和敬畏之心。同时，这部作品也让我们看到了人类在面对灾难时的坚韧和勇气，以及人类文明在困境中的顽强生命力。

通过本次翻译，我们希望《星际战争》能够在中国读者中引发更多的思考和讨论。我们相信，这部经典之作不仅能够为读者带来阅读的乐趣，更能够启发他们对人类未来的深刻思考。让我们一起穿越星际，探索未知，共同迎接人类文明的未来挑战。

在翻译《星际战争》的过程中，我得到了许多宝贵的支持和帮助，其中，我的研究生刘源同学参与了部分翻译工作和校对工作。他不仅仔细核对每一个细节，还提出了许多宝贵的修改意见，帮助提升了本书的质量。希望这本书能够成为我们共同努力的见证，也期待未来能有更多的合作机会。

莫晨莉

2025 年 2 月于广西南宁

目 录

火星人降临

火星人占领地球

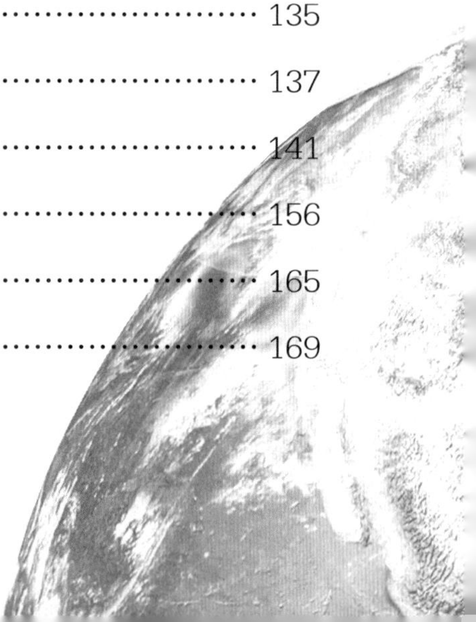

火星人降临

一　战争前夜

十九世纪末，地球上的人们兀自在为各自的俗务操劳忙碌着。假如有人告诉他们，外星生物正在严密监视着这个世界，没人会相信。这些生物比人类强大得多，却一样有生老病死。它们对地球的观察研究，正如人类透过显微镜仔细观察一滴小水滴中迅速繁殖的一群微生物一般。

人们无比地志得意满，在地球上来来往往，忙着各自的事情，心里充满着统治一切事物的自信，殊不知显微镜下的微生物或许也有着类似的想法。谁能想到，遥远太空中的那些古老的星球竟成了人类危机的来源。或许人们只是认为在这些古老的星球上绝不可能存在生命，抑或是不太可能。回想起那些过去的日子，人们的一些思维习惯确实非常有趣。在地球人类最大胆的想象中，火星上可能居住着其他“人类”，但与地球人类相比会是低一级的生命，它们正期待着地球人类“传教使团”的到来。然而，浩瀚无垠的太空中，却有这么一些外星人，它们与我们的智力差距正如我们与地球上其他已经灭亡的物种之间的智力差距一样巨大。这样一种体型庞大、不会感情用事、缺乏同理心的高级生命，正在用嫉妒的目光注视着地球，缓慢而坚定地制订着它们的侵略计划。到了二十世纪初，巨大的幻灭降临了。

想必无须我的提醒，我的读者们都清楚火星围绕太阳公转的平均距离约为 1.4 亿英里①，它从太阳接收到的光和热几乎只有地球的一半。如果星云假说成立的话，那么火星一定比我们的地球还要古老。早在地球开始成形之前，火星表面的生命就已经开始了自己的历程。

①英里，非法定单位。1 英里≈1.61 千米。

火星的体积大约只有地球的七分之一，这加速了它的冷却过程，以达到生命可以诞生的温度。火星也拥有空气和水，以及支持生命存在的所有必要条件。

然而，人类是如此自负，以至于被自负蒙蔽了双眼，所以直至十九世纪末期，都没有任何一位作家表达过如下类似的观点，即火星上可能发展出了超越地球水平的高级生命。人们普遍没有意识到，由于火星比地球更古老，表面积只有地球的四分之一，而且离太阳更远，所以从生命的进程来看，火星上的生命不仅起源更早，而且会更早地进入它的生命终期。

从行星演化的历程来看，我们的地球迟早会被极寒所吞噬，而对于我们的邻居——火星来说，这个过程则早已发生。它的物理条件在很大程度上仍然是个谜，但已知的是，即使在火星的赤道地区，正午的温度也接近地球最寒冷的冬季的温度。火星的空气比地球的稀薄得多，而且海洋已经缩小到只能覆盖星球表面的三分之一。随着它缓慢的季节变化（每个季节大约持续 6 个月），两极的积雪不断地堆积又不断地融化，并不时将温带地区淹没。对我们来说还非常遥远的最后一个星球衰竭阶段，已经成为火星居民当前面临的问题。迫在眉睫的压力使它们变得更加聪慧，更加强壮有力，更加坚毅不屈。它们把目光投向太空，利用地球人做梦也想象不出的仪器和智慧，发现在朝向太阳的方向，离它们大约 3500 万英里的地方，有一颗距离火星最近的星球，一颗希望的晨星——这就是我们温暖的地球：绿色的植被覆盖，灰色的水域环绕，氤氲的大气包裹，昭示出一派生机。透过飘浮的云层，可以瞥见疆土绵延、人口稠密的各个国家，以及船舶往来频繁的狭窄海域。

而我们，居住在地球上的人类，对它们来说，就如我们眼中的猴子与狐猴一样异类与低等。人类文明已经承认，生命是一场无休止的生存斗争，看来这也是火星人所认同的观点。它们的世界早已冷却，而我们的地球仍然充满生机，只不过这些生机都来自火星人眼中的低等的生命。唯有向着太阳进发，在地球上发动战争，才是它们唯一的出路，才能逃离火星人终将面临的灭顶之灾。

在对它们做出严厉的批判之前，我们必须记住，人类已经造成了多么无情与彻底的破坏：我们不仅导致生灵灭绝，比如已经消失的野牛和渡渡鸟，甚至还屠杀了那些较为低等的人类同胞。尽管塔斯马尼亚人具备人类的全部特征，但在欧洲殖民者发动的一场灭绝战争中，他们在短短 50 年间就被彻底扫除了。假如火星人以同样的方式发动战争，我们又有何理由以仁慈的使徒自居，对火星人的所作所为横加指责？

火星人似乎以惊人的精湛技术计算出了它们登陆地球的整个过程，据此看来，它们的数学知识显然远远超过了我们，并且齐心协力地做了近乎完美的准备工作。如果我们的观测仪器足够先进的话，我们可能早在十九世纪就可以预见到这场日益逼近的危机。像夏帕雷利这样的天文学家一直在观察着这颗红色的星球——顺便提一下，在过去的几个世纪里，火星一直是“战神之星”，这着实令人费解——并将火星的变化详尽地标记在了地图上，但却无法解释那些标记起伏变化的原因。在这段时间里，想必火星人一定在积极备战。

1894 年火星冲日现象①发生时，人们在火星被太阳照亮的一面观

① 火星冲日，指地球在火星和太阳之间，火星与太阳视黄经相差 180 度时的天象。这时，火星和太阳分别位于地球的两边，三者几乎排成一线，太阳刚一落山，火星就从东方升起，而等到太阳从东方升起时，火星才在西方落下，因此整夜都可观测火星。一般来说，火星冲日时，火星离地球较近，它的亮度也是一年当中最亮的。此时，火星被太阳照亮的一面完全朝向地球，所以明亮而易于观察。

测到了一束强光。首先是美国利克天文台观测到了这一现象，随后是法国尼斯天文台的台长佩罗坦，其他的观测者也相继发现了这一现象。英国读者首先在 8 月 2 日出版的《自然》杂志上读到有关报道。我更倾向于认为，这束强光来自它们铸造的巨大炮筒，它们在火星上的一处坑洞里发射炮火时产生了这束强光，它们就是在那里向我们开了火。在接下来的两次冲日期间，人们在强光爆发地附近标记了许多特殊的记号，但至今仍无法解释。

风暴的突然降临可以追溯到六年前。当时火星正接近冲日，爪哇岛的拉维尔通过电报报告了一个令人心悸的消息：火星上正在喷发大量炽热气体，这一切发生在 12 日的午夜时分。他立即用光谱仪进行观测，结果显示一团燃烧着的气体（以氢气为主）正在以惊人的速度向地球袭来。零时一刻左右，这团气体火焰已经看不见了。拉维尔将这一团巨大的气体火焰突然猛烈地从火星上喷射而出的景象形容为“仿佛燃烧的气体从枪口喷涌而出”。

事实证明，这是一个恰如其分的形容。然而第二天，除了《每日电讯报》上的一则小报道，其他报刊对此再也没有提及，全世界都对人类有史以来最严重的危机一无所知。如果不是在奥特肖偶遇了著名的天文学家奥格尔维，我可能根本不会听说此事。他得知火星喷射火焰的消息后非常激动。激动之余，他邀请我当晚和他一起观察这颗红色的星球。

尽管后来发生了那么多事，我仍然清楚地记得那次守夜的情形：天文台漆黑一片，寂静无声，角落里的壁灯透过灯罩发出微弱的光，映照在地板上；望远镜的发条装置嘀嗒作响，屋顶上有一道狭长的裂缝，露出一方深邃的夜空，缀满星辰。奥格尔维在房间里来回踱步，我虽然看不见他，却能听到他发出的声响。透过望远镜看去，只见一圈深蓝色的夜空中有一颗微小的行星在视野里游动。这个星体并非完美的球形，而是略显扁圆。它看起来那么小，却那么明亮，微小而静谧，隐约可见上面有横向的条纹。不过，它虽然微小，却散发着温暖的银光，就像针尖在闪耀！它似乎在颤抖，但实际上，这是望远镜发条装置的振动所导致的，只有这样才能将这颗行星锁定在视野之中。

当我潜心观察时，这颗行星似乎忽大忽小，时远时近，但那只是我眼睛疲劳的缘故。它距离我们超过 4000 万英里，足足 4000 万英里的虚空啊！人们难以想象游弋着宇宙尘埃的太空是怎样的广袤。

我记得，这颗行星周围有三个微弱的光点，那是望远镜里的三个光点，现实宇宙当中的三颗星球，如此地遥不可及；而在它的周围，则是一片深不可测的黑暗。你可以想象，在星光如霜的夜晚，那一片黑暗是什么样子。在望远镜里，这片黑暗显得愈发深邃。在这片星空中，一个“物体”正持续地向我们飞来，迅速穿越那令人难以置信的距离，每一分钟都在以数千英里的速度逼近。因为距离实在太远，我在望远镜里看不清它。这是火星人发送给我们的东西，那个将给地球带来无数挣扎、灾难和死亡的东西。我当时观测火星时，做梦也没有想到竟有这样的“物体”，地球上也没人想到会有这样精准无误的导弹。

那天晚上，那颗遥远的星球上再次喷射出了气体。就在午夜钟声敲响的时候，我亲眼看见火星的边缘闪过一道红光，星球的轮廓在望远镜下微微凸起。我把这一情况告诉了奥格尔维，他取代我继续观测。夜里很暖和，我也渴了，于是我在黑暗中笨拙地摸索着走到放着汽水的小桌旁。奥格尔维则看着那团奔向我们的气体惊叹不已。

当天夜里，又一团看不太清的如导弹般的气体火焰开始从火星启程，直奔地球而来，距离第一枚导弹发射还不到二十四个小时，误差不超过一秒。我还记得自己在黑暗中坐在一张桌子上，眼前是不时闪过的绿色与深红色的斑点。我想抽烟，但无法找到火，丝毫没有关心我所看到的那一束微光的含义，也不曾深究它会带来的后果。奥格尔维一直观察到半夜一点，最终还是放弃了。我们点亮提灯，走回他家。在观测台下面的黑暗中，奥特肖和切特西两个村镇成百上千的居民，正在安然入睡。

当晚，奥格尔维对火星的状况充满了猜测，对火星上有居住者向我们发出信号的庸俗想法嗤之以鼻。他的想法是，火星上可能正在出现大规模的流星雨，或者正在发生剧烈的火山爆发。他向我指出，在两个相邻的星球上，有机生命朝着相同方向进化的可能性微乎其微。

他说："火星上出现类似人类的生物，可能性是百万分之一。"

在那天晚上及之后的几天，数百名观测者于午夜时分都看到了气体火焰，一直持续到第十天。至于为什么在第十天之后不再出现，地球上没有人能够解释清楚。可能是射击产生的气体让火星人难以忍受。通过地球上的高倍望远镜，可以观察到浓厚的烟雾或尘埃云，它们像不断变化的灰色的小斑点，散布在火星清澈的大气层中，遮蔽了这颗星球那些为人所熟知的地貌特征。

报界人士终于意识到了火星的异常，关于火星上火山爆发的新闻报道随处可见。我记得，向来庄严却不失诙谐的期刊《潘趣》还在它的政治漫画中使用了这一素材。火星人向我们发射的那些导弹，在我们毫无察觉的情况下向地球飞来，以每秒数英里的速度穿过广袤无垠的太空，越逼越近。现在想来，仍然令我难以置信的是，在如此大难临头之时，人们还能像往常一样继续着他们的琐事。我还记得，当年马卡姆为他编辑的插图报纸拍摄到一张新的火星照片时是多么兴高采烈。我们十九世纪报业的繁荣景象和进取之心是后世的人们难以想象的。就我自己而言，我忙于学习骑自行车，以及撰写一系列文章，探讨伴随着文明的进步，道德理念将如何变化。

一天晚上，我和妻子一起去散步（彼时，第一枚导弹距离我们恐怕已不足1000万英里）。在星光下，我向她解释了黄道十二宫，并指着那个正在头顶移动的明亮光点告诉她，那就是火星，无数台望远镜都在对准着它。这是一个温暖的夜晚。在回家的路上，一群不知是从切特西镇还是艾尔沃思镇来的游客经过我们身边，他们一边演奏着音乐，一边唱着歌。路边房屋二楼的窗户里亮起了灯光，人们准备上床睡觉了。远处火车站传来火车转轨的声音，汽笛声和隆隆声交织，远远地听起来十分轻柔，宛如乐章。顺着妻子所指的方向，我看见红、绿、黄三色信号灯在天空的映衬下显得格外明亮。这一切显得如此静谧与安详。

二　陨落的流星

第一颗流星坠落的那一晚终于来临了。清晨，人们看到它从温切斯特的上空划过，向东而去，在高空中划出一道火光。一定有成百上千的人看到了它，并把它当成了一颗普通的流星。根据阿尔宾的描述，它的身后留下了一道绿色的光，并保持了几秒钟。流星方面最权威的专家丹宁宣称，它第一次出现时距离地面90或100英里。他分析，这颗流星坠落在离他东面大约100英里的地方。

当时我正在家里的书房里写作。虽然我的落地窗正好朝向奥特肖，百叶窗也是拉起来的（因为那时我喜欢仰望夜空），但我什么也没看到。有史以来最不可思议的外星物体降落在了地球上，倘若当时我抬一下头，便能看到它。一些目击者说，它飞行时会发出嘶嘶声，然而我自己却什么也没听到。伯克郡、萨里郡和米德尔塞克斯郡的许多人肯定都看到了它，但最多以为是一颗流星划过。因为那天晚上，似乎没有人去寻找坠落的陨石碎片。

可怜的奥格尔维当晚还是看到了那颗流星，他确信陨石就落在霍塞尔、奥特肖和沃金之间的公地[①]上的某个地方，于是一大清早他便动身去寻找了。天亮后不久，他真的找到了，就在离采砂场不远的地方。巨大的冲击力把地面砸出了一个大坑，沙石被猛烈地抛向各个方向，形成了一英里半以外可见的一座座沙堆。东边的一株石楠树着火了，一缕青烟迎着晨曦升起。

那“东西”几乎完全被沙土掩埋，杉树被砸得不见原形，断枝碎叶散落在四周各个角落。露出地面的部分看起来就像一个巨大的圆柱体，外表厚厚一层的褐黄色外壳已经变硬了，像是厚厚的鳞片，这使它的轮廓变得柔和许多。它的直径大约有 30 米。他走近这块陨石，震惊于它的庞大，更惊讶于它奇特的形状，因为大多数陨石或多或少都应该是圆形的。然而，由于在空中飞行时变得炙热无比，它现在仍然烫得让奥格尔维无法靠近。圆柱体内传来声音，他认为是表面冷却不均匀导致的，因为当时他还没有想到它可能是空心的。

他一直站在这个“东西”砸出来的坑边，凝视着它奇特的外表，对它不寻常的形状和颜色感到惊讶，并且已经感觉到它的到来绝不是偶然。清晨，四周异常静谧，太阳刚刚从韦桥镇方向的松树林中露出头来，就已经让人感觉暖洋洋的了。他记得那天早上不曾听到过任何鸟叫声，也没有风掠过，唯一的声音就是从圆筒内传来的微弱动静。公地上只有他一个人。

---

①公地：英国曾经有这样一种土地制度——封建主在自己的领地中划出一片尚未耕种的土地作为牧场，称为“公地”，无偿向牧民开放。

突然，他惊奇地发现，陨石上覆盖的灰白色沙土正从陨石顶端的圆形边缘脱落，一点一点地掉落下来，像雨点一样洒落在沙地上。其中一大块突然脱落，掉在地上发出刺耳的声音，让他的心一下提到了嗓子眼。

一开始，他完全不明白是怎么回事，于是不顾圆筒仍然炙热，他爬下了沙坑，走近想要看个究竟。他在想，这可能是圆筒冷却造成的，但有一点说不通，为何只有其顶端的土块在往下掉落？

然后，他发现这个圆柱体的圆形顶部正在缓慢地旋转。转动非常缓慢，他注意到本来在近处的一个黑色印记五分钟之后跑到了圆周的另一侧，这才发现了这一问题。即便这样，他也不明白这意味着什么，直到他听到一声闷响，看到那个黑色印记又向前移动了大约一英寸①。这时，他才恍然大悟。圆筒是人造的，是空心的，顶端可以旋转打开！圆筒里有东西正在旋转盖子想要出来！

“天哪！”奥格尔维说，“里面有一个人，里面有好几个人！被烤得半死！想要逃出来！”

奥格尔维脑子里灵光一闪，立刻把这个莫名的“物体”和火星上的强光联系了起来。

想到里面可能有什么被困住，他就感到于心不忍，以至于忘记了高温的表面，跑到圆筒前想要帮忙。好在圆筒真的异常炙热，他根本无从下手，否则这块热到发亮的大块金属都能把他的手烤煳了。他站在原地犹豫了一会儿，然后转过身，慌忙跑出坑道，向沃金狂奔而去。这时是早晨六点左右，他在路上遇到了一个马车夫，并试图寻求对方的帮助，但他讲的故事过于离奇，他的模样又太过狼狈，他的帽

---

①英寸，非法定单位。1 英寸 =2.54 厘米。

子也掉在了那个沙坑里，所以马车夫索性头也不回地走了。同样，他又找到了霍塞尔桥边一个刚刚开门的酒馆的服务生，可是对方也以为他是个在逃的疯子，还试图把他关进小酒馆，但没有成功，不过这让他稍微清醒了一点。当他看到伦敦记者亨德森在自家花园里时，便隔着围栏向他打招呼，试图让他明白发生的一切，这次，他总算成功了。

“亨德森，”他叫道，“你昨晚看到那颗流星了吗？”

“嗯？”亨德森说。

“它现在就在霍塞尔公地。”

“天哪！”亨德森说，“坠落的陨石！这太好了！”

“但它绝不仅仅是个陨石，伙计。这是一个奇怪的圆筒，一个人造的圆筒！里面有东西。”

亨德森拿着铁锹站了起来。

“那是什么？”他说。他有一只耳朵听不到声音。

奥格尔维把早上看到的一切都告诉了他，亨德森听了很久才明白。然后，他丢下铁锹，拿起外套，冲到了路上。两个人立刻赶回公地，发现圆筒还埋在原来的位置，筒身与盖子之间露出了一圈薄薄的明亮金属轮廓，但现在里面已经没有声音了。此时，不知道空气是在沿着边缘进入还是排出，圆筒边缘不断地发出细细的嘶嘶声。

他们听了一会儿，用一根棍子敲了敲那个被烧成鳞片状的金属疙瘩，但没有任何回应，于是两人断定里面的人一定是昏迷过去了，或者已经死了。

两人当然是无能为力的了。他们互相安慰并许下承诺，他们一定会回来解救里面的人，然后再次回到镇上寻求帮助。可以想象，他们满身沙土，既兴奋不已，又心绪凌乱，在明媚的阳光下一路奔走在狭窄的街道，而此时商店的伙计们正在拉起卷帘门，居民们也打开了卧室的窗户。亨德森径直跑进火车站，准备用电报把这一消息发往伦敦。报纸上连日来刊登的文章早已让人们做好了接受这个消息的思想准备。

上午八点钟的时候，几个男孩和失业人员已经开始前往公地，想要一探“死掉的火星人”。这就是人们的真实想法。大约八点四十五分，当我出去拿《每日新闻》时，从报童那里第一次听说了这件事。我自然被吓了一跳，立刻冲出门，过了奥特肖桥，赶到采沙坑边。

三　霍塞尔公地上

我看到大约二十个人围在巨坑边看着坑洞里躺着的那个圆筒，它的外观我先前已经描述过了。它周围的草地和砾石似乎被烧焦了，仿佛经历了一场突如其来的爆炸。毫无疑问，是它的撞击引发了这场大火。亨德森和奥格尔维都不在场，我猜他们知道目前没有什么可做的，便去亨德森家吃早餐了。

有四五个小男孩坐在坑边，他们晃着双腿，自顾自地玩耍着。他们一直在向那个巨大圆筒扔小石块，我不得不制止他们。在我说了他们几句后，他们就改为在围观人群中间互相打闹玩耍起来。

围观人群中有几个骑自行车来的人，有一个园丁——我偶尔会雇他来帮忙，有一个抱着婴儿的女孩，还有屠夫格雷格和他的小儿子，以及两三个游手好闲的人和经常在火车站附近闲逛的高尔夫球童。现场几乎没有什么说话的声音。那时候，英国普通民众对于天文学只有非常模糊的认识，所以大多数人只是静静地注视着那个巨大的圆筒好似桌面的一端，在奥格尔维和亨德森离开以后，它就再也没有变化过。我猜想，人们本来是冲着能看到一堆烧焦的尸体来的，不料却看到了这个毫无生气的庞然大物，必定大失所望吧。这段时间里，又有些人赶了过来，不过也走了一些人。我爬进了巨坑里，隐约感觉脚下有细微的动静，但圆筒顶盖倒是停止不转了。

当我离它很近的时候，我才发现它的奇特之处。乍一看，它是那么不起眼，就像是翻倒的马车或是一棵被风吹倒在路边的大树，不值得大惊小怪。可事实却并非如此，它看上去像一个生锈的煤气罐，只有具备一定科学素养的人，才能意识到它灰色的鳞片表面绝不仅仅是普通的氧化物，盖子和圆柱体之间缝隙中的黄白色金属闪烁着陌生的色泽。然而，绝大多数旁观者对“外星”这个词毫无概念。

当时，我心中非常清楚，这个东西来自火星，但我断定它的里面不可能有活物。我认为它的盖子可能是自动打开的。和奥格尔维的想法不一样，我还是相信火星上是有生命的。我不禁浮想联翩，想象着它里面可能有什么手稿啊，破译时可能遇到的困难啊，又或是我们是否会在里面找到硬币和模型啊，等等。然而，它有点太大了，我不敢保证只有这些。我急切地希望它能赶紧被打开。到了十一点左右，似乎什么也没发生，我只得一路上带着这样的胡思乱想走回了梅伯里的家。但我发现自己已经难以集中精力去完成我手头那抽象的调查研究工作了。

下午，公地的情况已经是截然不同了。几家晚报纷纷提前出版，用这样的大字标题轰动了伦敦：

“火星传来信息”

“沃金的奇异故事”

诸如此类。此外，奥格尔维给天文交流协会发的电报也惊动了英伦三岛所有的天文台。

沙坑边的路上停着许多马车，其中至少有六辆是从沃金车站驶来的出租马车，一辆来自乔巴姆的轻便马车，以及一辆奢华气派的四轮马车。除此之外，还有一大堆自行车。还有很多人不顾酷热的天气，从沃金和切特西徒步赶来，现场聚集了相当多的人——其中还有一两位衣着艳丽的女士。

天气非常炎热，天空万里无云，甚至没有一丝风，唯一的阴凉是几棵松树给的。石楠花丛的明火已经熄灭，但奥特肖方向的平地上，远远望去被烧得一片漆黑，还有缕缕黑烟不断冒起。乔巴姆路上的一个非常有商业头脑的糖果商，打发他的儿子推着装满青苹果和姜汁啤酒的手推车前来售卖。

我走到坑边，发现坑里站着一群人，大约有六个人的样子——亨德森、奥格尔维和一个高个子、金发碧眼的男人，后来我才知道这个男人是皇家天文学家斯丹特，还有几个手持铁锹和镐头的工人。斯丹特用清晰而高亢的声音发号施令。圆筒的温度显然已经低了不少，但斯丹特还是满脸通红、大汗淋漓，好像被什么给惹恼了。

圆筒的大部分已经露了出来，只剩下底部还埋在坑里。奥格尔维在坑边围观的人群中一眼看到了我，就把我叫了过去，希望我可以去拜访一下希尔顿勋爵，他是此地的庄园主。

他说，围观的人越来越多，尤其是那些小孩儿，已经严重影响了他们的挖掘工作。他们想要围上一圈轻便的栅栏，以便让人群保持距离。他告诉我，圆筒的内部仍然不时传来微弱的动静，但由于没有可以抓握的地方，那几个工人没能打开圆筒的盖子。圆筒看上去非常厚实，所以我们听上去声音微弱，但实际其内部可能已经是一片混乱。

我很乐意按照他的要求去做，这样我就可以成为围栏里的特权观众之一。希尔顿勋爵不在家，但有人告诉我，他会在伦敦滑铁卢车站坐下午六点钟的车回来。当时大约是五点十五分，于是我回家喝了点茶，然后步行到车站去等他。

四 圆筒开启

夕阳西下时我回到了公地，不时有人从沃金方向匆匆赶来，深坑边则不时有一两个人离开。坑边的人群越聚越多，黑压压一片——大概有几百人吧——在柠檬黄的天穹下显得格外耀眼。坑边一阵喧哗，貌似正在发生争执。一丝奇怪的念头在我脑海中一闪而过。我走上近前，却听到了斯丹特的声音：

“退后！退后！”

一个男孩径直奔向我。

“它在动，”他经过我身边时对我嚷嚷道，“扭啊扭啊扭出来。我不喜欢这样。我要走了，我要回家。”

我继续走向人群之中。我敢肯定这里应该有两三百人，他们挤作一团，互相推搡着，其中有一两位女士表现得最是活跃。

“有人掉进坑里了！”有人喊道。

“别过来！”又有几个人喊道。

人群忽地散了一下，我借机用胳膊肘挤了进去。所有人似乎都异常兴奋。我听到坑里传来一阵奇怪的嗡嗡声。

“大家听我说！”奥格尔维喊道，“帮帮忙，让这些白痴往后退。我们不知道这鬼东西里有什么，你知道的！”

我看到一个年轻人站在圆筒上，正试图从坑里爬出来。我记得他是沃金的一名店员，人群把他挤了下去。

圆筒的顶端正从里面被拧开来。将近 2 英尺[①] 长的螺丝钉伸了出来，闪闪发亮。有人不小心撞到我，我险些被撞到那根螺丝钉上。就在我险险避开的同时，螺丝钉肯定已经拧了出来，因为圆筒的盖子掉在了碎石上，发出一声震耳的响声。我用肘推开身后的人，转头看向那个“东西”。在那一刹那，夕阳的余晖映入眼帘，那个圆形空洞似乎黑漆漆一片。

我想在场的每个人都以为会看到一个人出现——可能有点不像我们地球上的人，但总的来说是个“人”，至少我是这么想的。可是，当我仔细看去，却发现阴影里那个活动着的东西实在不能称之为人：那个灰色的物体活动起来像波浪在移动，一浪接着一浪，还露出两个发光的圆盘——像眼睛一样。紧接着，一条灰色的蛇状的东西从蠕动的中间盘了起来，像一根手杖那么粗，在空中向我蠕动而来，然后又是一条。

一阵寒意忽地袭上心头。我身后传来一个女人的尖叫声。我侧过身去，眼睛仍紧盯着那个圆筒，看到其他触手正从里面伸出来，逼得我开始从坑的边缘往后退。我看到周围的人由惊讶变成了惊恐，人们含糊不清的惊叫声从四处传来。大家都在向后退。我看到店员还在坑边挣扎。我发现坑边只剩下我一个，深坑另一边的人正四散奔逃，斯丹特也在其中。我又看了看圆筒，无法抑制的恐惧攫住了我。我石化了，呆呆地站着。

一个灰白色的圆形大块头，也许有一头熊那么大，正缓慢从圆筒中“升起”。它立起身，湿漉漉的皮肤在阳光下闪着光。

两只深色的大眼睛死死地盯着我。这两只眼睛镶嵌在一个圆圆的

---

①英尺，非法定计量单位。1 英尺≈30.48 厘米。

物体上，可以说是它的头，也可以说是它的脸。眼睛下面有一张嘴，没有嘴唇，却在颤动着，喘息着，还流着唾液。它的全身都在颤抖和抽搐，一条长长的触手抓着圆筒的边缘，另一条在空中摇摆。

如果你从未见过活着的火星人，你几乎无法想象它的外表有多么奇特与恐怖。它没有眉骨，整个嘴巴呈V形，尖尖的上唇向前突起，楔形的下唇下面没有下巴。它那不停翕动着的嘴、长发女妖般的触角、剧烈呼吸的样子都令我深感厌恶和恐惧，即使是初次见到，即使只有一瞥。大概是因为处于陌生的空气中，它的肺部呼吸明显而剧烈。因为地球引力较大，它的动作显得笨拙而艰难。它棕褐色的皮肤上长满了霉菌一样的斑点，可同时又让人感觉油腻。它的动作单一，笨拙而审慎。最要命的是，这一切配上它那双目光如炬的大眼睛，只会让人感觉说不出的恶心。

突然，怪物消失了。它越过圆筒的边缘，掉进了坑里，发出砰的一声，像一大块皮革掉在地上。我听到它发出一声古怪的嘶哑叫声。紧接着，另一头同样的怪物出现在孔洞深处的阴影里。

我转身发疯似的朝离我最近的一排树冲去。距离其实不算太远，不到100码[①]，但我跑得歪歪斜斜、跌跌撞撞，因为我不敢把视线从这些东西身上移开。

跑到几棵小松树和灌木丛之间，我气喘吁吁地停了下来，等待事态的进一步发展。沙坑周围的空地上还有零散的几个人，他们和我一样，惊疑不定地站在那里，盯着这些怪物，其实他们只是盯着沙坑边的砾石堆。然后，我再次被吓了一跳，因为我看到一个圆圆的黑色物体在坑边跳上跳下。原来是那个之前掉进坑里的店员的脑袋，不过在

①码，非法定计量单位。1码≈0.9144米。

火辣辣的夕阳照射下，就像一个黑色的小球。现在，他的肩膀和膝盖都爬了上来，可他似乎又一次滑了回去，只能看到他的头。突然，他消失了，我仿佛听到一声微弱的尖叫。我有一种想回去帮他的冲动，但恐惧压倒了这种冲动。

一切都再不可见，被圆筒坠落时冲击力造成的深坑和沙堆所掩盖。那些刚刚从乔巴姆或沃金赶过来的人都对眼前的景象感到莫名其妙——可能有一百多号人，而且还不断有人后退离开，在水沟里、在灌木丛后、在大门后、在树篱后，围成了一个不规则的大圆圈。他们相互之间很少交谈，偶尔短促而激动地嚷嚷两声，盯着几堆沙子，目不转睛。装有姜汁啤酒的手推车被扔在一旁，在通红的晚霞映照下黑漆漆的，显得格外荒凉。沙坑里有一排被人丢弃的马车，车上的马匹有的在鼻袋里觅食，有的在用蹄子刨地。

五　热射线

火星人从他们的星球乘坐着圆筒来到了地球。我在瞥见这种外星生物出现后，便陷入了一种痴迷而失神的状态。我一直站在齐膝深的石楠丛中，凝视着那遮挡着它们的沙堆，内心之中的恐惧和好奇激战正酣。

我不敢回到沙坑那边去，但又极度渴望一探究竟。于是，我尝试绕弯跑动，寻找着有利的位置，并紧紧盯着那片沙堆——那些地球新移民就藏在里边。突然，一条黑色细鞭，看起来像章鱼的触手一样，在夕阳下一闪而过，转眼间又缩了回去。接着，一根细细的棒子升起，棒子一节一节的，顶端有一个圆盘，正摇晃着转个不停。这究竟要干什么？

观众大多聚成两批——一个是沃金方向的一小撮人，另一个是乔巴姆方向的一群人。显然，他们和我有一样的心理斗争。我周围的人很少，我认出了其中一个，他是我的一位邻居，虽然我不知道他的名字。我走上前去和他搭讪，不过，这时候明显不是攀谈的好时机。

“多么丑陋的畜生！”他说，“上帝啊！多么丑陋的畜生！”他一遍又一遍地重复着这句话。

“你看到坑里那人了吗？”我问，但他没有回答。我们沉默不语，并肩站了一会儿。我想，在彼此的陪伴下，我们似乎得到了某种安慰。随后，我移到一个小山丘上，因为那里比旁边高了1码多，视野更开阔。当我转头寻找他时，他正向沃金走去。

夕阳西下，暮色降临。远处左侧沃金方向的人群似乎越聚越多，我听到那里传来人群的低语声。乔巴姆方向的人群散去了。坑道里几乎没有任何动静。

在我看来，正是这一点给了人们勇气，从沃金新来的人也帮助人们恢复了信心。随着黄昏的降临，人们无法等待下去，开始断断续续行动起来，彼时圆筒那边静谧如故。他们三三两两，朝着沙坑前进、停止、观察、再前进。他们一边前进一边散开，与沙坑之间形成了一个不规则的新月形状，这个月芽形状的两个犄角在逐渐缩小，有望将沙坑包围起来。我这边也开始向坑道移动。

这时，我看到几个马夫和另外一些人已经大胆地走进了沙坑，听到了马蹄声和车轮与地面的摩擦声。一个小伙子推着一车苹果走了。然后，在离沙坑不到30码的地方，我注意到一小群人从霍塞尔方向走来，最前面的人挥舞着一面白旗。

这是“代表团”一行。大家匆忙商量了一下，认为火星人虽然面目可憎，但显然是有智慧的生物，所以决定在接近他们时释放一点信号，向他们表明我们也是有智慧的。

旗子在空中飘啊飘，一会儿向右，一会儿向左。由于距离太远，我认不出那里有什么人，事后我才知道，奥格尔维、斯丹特、亨德森与其他人一起参加了这次交流尝试。可以说，随着这一小支队伍的前进，现在几乎完成的包围圈又向内拉近了一些，几个模糊的身影出于谨慎，远远跟在他们身后。

突然，一道亮光闪过，从坑里冒出大量绿莹莹的烟雾。有三股烟雾明显喷射而出，一股接着一股，直冲到一片静谧的空中。

这些烟雾——或许称之为火焰更为适合——耀眼异常。随着烟雾腾空，头顶这片黛蓝色的天空骤然变暗，通往切特西方向的那片公地，沿途长满了黑松树，显得愈发朦胧。烟雾散去后，一切变得更加幽暗。与此同时，一种微弱的嘶嘶声开始变得清晰可闻。

深坑外站着刚才那一队人，他们在坑边呈楔形排列，领头的举着白旗。他们被这一景象吓得一动都不敢动，几个黑色的人影就这么笔直地竖立在了那里，地面漆黑一片。当绿色的烟雾升起时，他们的脸上映照出黯淡的绿色；烟雾消失后，他们的脸也无法看清了。然后，嘶嘶声慢慢变成了嗡嗡声，响了很久，刺耳而单调。慢慢地，一个驼背形状的东西从坑里升了起来，一束幽幽的光似乎从它身上闪了出来。

瞬间，四散奔逃的人群中闪现出一束束火焰，刺目的光亮从一个人身上蹿往另一个人身上。仿佛有什么无形的气流冲击在他们身上，然后化作白色的火焰。仿佛每个人都突然被点燃了。

然后，我看到他们踉踉跄跄地倒下了，这火焰会将他们燃尽。那几个追随者转身就跑。

我呆怔在原地，尚未意识到这是死亡从一个人身上跳到另一个人身上。我只觉得事情非常奇怪。我只看到每当一道几乎没有声音的刺眼闪光闪过时，就会有一个人一头栽倒在地，一动不动；当看不见的热流从他们身上掠过时，他们身后的松林也燃起了熊熊大火，每一片干枯的灌木丛都发出砰的一声闷响，变成了一团火焰。我看向远处纳普希尔的方向，看到树木、篱笆和木制建筑也瞬间陷入火海，火光冲天。

这是死亡的火焰，这是无影无形、避无可避的热剑，它迅猛而坚定地横扫周遭一切。它碰触到的灌木丛一路爆燃开来，我察觉到它在向我袭来，我吓傻了，怔怔地站在原地一动也不敢动。我听到火焰在沙坑中噼啪作响，马儿突然发出了嘶鸣，可又戛然而止。紧接着，仿佛有一根无形但温度极高的手指，划过我和火星人之间的石楠花丛，沿着沙坑外划出一条弧线。所过之处，焦黑的地面冒着烟，发出噼噼啪啪的响声。在沃金车站通往公地的道路左侧，好像有什么东西轰然倒下了。嘶嘶声和嗡嗡声随之停止，那个黑色的驼背物体缓缓沉入沙坑，消失在人们的视线中。

这一切发生得如此迅速，以至于我站在原地一动不动，被那闪烁的死亡之火吓得目瞪口呆。如果那个死神绕完一整圈，因惊愕而呆滞的我必死无疑。但它一闪而过，放过了我，让我周围的夜色突然变得黑暗而陌生。

起起伏伏的平原现在黑得几乎伸手不见五指，只有路面在黛蓝的夜空下显得灰暗苍白。四周一片漆黑，突然没了人影。头顶上繁星点点，向西望去，那一片的天空依然明亮，泛着淡淡的蓝绿色的光芒。松树的树梢和霍塞尔地区的屋顶在西边的余晖中显得错落有致。除了那根细细的桅杆，火星人和它们的设备都不见了，它们那面不安分的镜子在桅杆上兀自转动着。放眼望去，成片的灌木丛和零星的树木在这里或那里静静地冒着余烟，在火焰的余烬中闪着红光，前往沃金车站沿途的房屋在寂静的夜空中腾起了熊熊火焰。

除了眼前的这些景象和我心中的恐惧，一切都那么平常。那一支摇着白旗的小分队被抹杀了存在的痕迹，这宁静的日暮时分一如往常。

我突然意识到，在这片黑暗的公地上，我孤身一人，手无寸铁，是那么地脆弱与无助。霎时，恐惧从天而降，向我袭来。

我用力转过身，开始跌跌撞撞地在石楠丛中奔跑。

我已然失去理智，内心对火星人惊惧不安，四周的昏黄寂寥同样使我惶恐。这种恐惧让我魂不附体，我边跑边哭，像个孩子一样。转身逃走之后，我就再也不敢回头。

我记得我当时有一种非常强烈的感觉，火星人正玩弄我于股掌之间，在我快要抵达安全位置的时候，那神秘的死亡之光就会从圆筒所在的深坑中追出来，猛扑向我，将我击倒——正如光速那样迅猛。

六　乔巴姆路上的热射线

火星人如何能够如此迅速地杀人于无声无息之中，至今仍是一个谜。许多人认为，它们能够在一个几乎完全不导电的密室中产生高温，方法未知。之后它们会通过一个成分不明的抛物面镜，将这种强热以平行光束的方式投射到他们选中的任何物体上，这个过程类似灯塔的抛物面镜投射光束。但没人能够完全证明这些操作细节。然而，无论具体如何，毋庸置疑的是热能束才是问题的本质。热能为肉眼不可见的无形的能量，所有可燃物在它的触碰下都会变成一团火焰；它能使铅化为“水”，能使铁变软，能熔化玻璃；当它与水相遇，水会瞬间汽化。

那一晚，有将近四十个人倒在了深坑边的星光下，且被烧得面目全非。整个晚上，从公地到霍塞尔和梅伯里的沿途火光冲天，空无一人。

同一时间，大屠杀的消息可能传到了乔巴姆、沃金和奥特肖。惨剧发生时，沃金的商铺已经关门，几个店员和另外一些人听闻后非常感兴趣，于是经过霍塞尔桥，沿着树篱之间的道路向公地走去。你可以想象，这些年轻人在一天的劳累之后，梳洗打扮一番，把这种新奇事当作了一起散步和打情骂俏的借口，这其实是他们的惯常操作。你甚至能想象出在朦胧的夜色中，他们一路上传来的欢声笑语。

当然，尽管可怜的亨德森派了一个信使骑着自行车去邮局给晚报发了电报，但沃金此时还没有几个人知道圆筒已经打开了。

当这些人三三两两地来到空地上时，他们只见到有一小群人盯着沙坑上方旋转着的镜子，正在热烈交谈着。毫无疑问，这些初来乍到者很快就被眼前这激动人心的场面感染了。

约莫八点半，当时的“代表团”已经伤亡惨重，又有三百多人聚集到了此处。此外，还有一些人离开了道路，试图接近火星人。现场还有三名警察，其中一名骑着马，正遵照斯丹特的指示，竭尽全力阻止人们靠近圆筒。嘘声从人群中几个容易激动的冒失鬼嘴里发出来，对他们来说，人群聚在一起时，起哄喧闹正是最好不过的时机。

预料到可能爆发的冲突，斯丹特和奥格尔维在火星人甫一出现之际，就从霍塞尔给军方发了电报，请求派遣一个连的士兵前往协助，避免与这些奇怪生物发生暴力冲突。之后，他们又折返去领导那支命运多舛的先遣部队，即“代表团”。在场围观的人们对他们死亡场景的描述与我的观察一致：有三股绿色的烟雾、低沉的嗡鸣声，以及闪现的火光。

不过，那群人的逃生之路就没有我那么幸运了。一座长满了石楠丛的沙丘挡住了从低处而来的热射线，这才救了他们。如果那面抛物面镜再高个几十厘米，就没有人能活到现在了。他们看到很多人在闪光中纷纷倒下，仿佛有一只无形的大手在暮色中向他们迅猛袭来，点燃了灌木丛。随即，一声尖锐的呼啸声盖过了沙坑周围的嘈杂声，一道射线从他们头顶掠过，道路两旁的山毛榉树梢瞬间被点燃，它继而劈开砖块，砸碎窗玻璃，烧毁了窗框，最靠近街角的那栋房子的部分屋檐倒塌，成为一片废墟。

在突如其来的一系列砰砰声、嘶嘶声和树木燃烧的熊熊火光中，人们惊慌失色，一时间不知该作何反应，愣在了原地。火星四溅，燃烧的树枝开始落向路面，片片落叶恍如团团火焰。有些人的帽子和衣服着火了。接着，人群中传出一阵哭喊声。尖叫声和叫嚷声此起彼伏。突然，一名骑警穿过混乱飞驰而来，他双手抱头，高声喊叫着什么。

一位女士尖叫："他们来了！"所有人都不约而同转身，向后面的人群挤去，想夺路而逃，返回沃金。他们像是羊群一样四处乱窜。高高的河岸之间道路开始变得又窄又黑，人群挤在一起，发生了踩踏。并非所有人都能成功逃生：至少有三个人——包括两个女人和一个小男孩，惨遭挤压踩踏，在恐怖和黑暗中死去。

七　我的回家之路

我完全不记得自己是怎么逃脱的，只记得自己在树林和石楠丛中紧张地一路跌跌撞撞地逃跑。我周围的一切都笼罩在火星人无形的恐怖之下。那把无情的热剑似乎始终在天上来来回回，我感觉它在我头顶挥舞，随时准备落下，将我击杀。我来到那条连通十字路口和霍塞尔之间的小路，并沿着这条小路跑向了十字路口方向。

最后，我再也跑不动了。紧张的情绪和飞奔着逃亡让我精疲力竭，我踉踉跄跄地倒在了路边。那是在煤气厂旁边，距离运河大桥很近。我倒下后就一动不动，死了一般。

我一定在那里躺了很久。

我坐了起来，感到非常困惑。也许有那么一瞬间，我不清楚自己是怎么来到这里的。我的恐惧像衣服一样从身上掉了下来。我的帽子不见了，衣服领子也崩开了。几分钟前，我心中只有三样东西最真实——无尽的黑夜、宇宙和自然，我自身的无力和痛苦，以及步步逼近的死亡。现在，仿佛有什么东西翻转了过来，视点突然改变了，从一种心境到另一种心境，过渡得让人毫无心理准备。我立刻又变回了日常的自己——一个体面的普通市民。那寂静无声的公地、仓皇逃离的我、熊熊燃烧的火焰，一切就像一场梦。我问自己，这些事情真的发生过吗？我无法相信。

我站起身，摇摇晃晃地走到桥上，脑子里一片空白。我精疲力竭、疲惫不堪，像喝醉酒一样走得踉踉跄跄。桥面冒出一个头，一个工人提着篮子出现在桥上，还有一个小男孩在他身边跑着。他经过我时向我道了晚安。我本想回应，但却说不出话来。我只是嘟哝一声，回答了他的问候，继续过了桥。

一列火车从梅伯里拱桥下驶过，冒着滚滚浓烟，车窗亮着，好似长长的毛毛虫向南飞驰而去——哐当、哐当、哐当，火车开走了。远处，我模模糊糊看到那被称为“东方路”的地方，有一群人在一栋房子的大门口交谈。一切都那么真实，那么熟悉。而我身后的那一切！太疯狂了，太梦幻了！我告诉自己，刚才发生的一切都是不存在的。

也许，我是与众不同的。我不知道多少人曾有过和我类似的经历。有时，我感到自己和周围的世界格格不入；我似乎被隔离在外，从遥远得难以想象的地方，在时间和空间之外，在压力和悲剧之外，注视着这一切。那天晚上，我的这种感觉异常强烈。这就是我梦境的另一面。

但问题在于，在 2 英里外的死亡威胁下，这种宁静是那么地格格不入。煤气厂的人们开始工作，电灯都亮了起来。我在那群人跟前停了下来。

“公地有什么新的消息？”我说。

门口站着两男一女。

“啊？”其中一个男人转过身说。

“公地有什么消息？”我再问。

“你不是刚从那里回来吗？”男人们齐声反问。

“人们对公地发生了啥事好像一无所知，”门那边的女人说，“到底是怎么啦？”

“有听说火星来人了吗？”我问，“火星来的生物？”

“早听够了，谢谢！”门外的女人说。他们三个都笑起来。

我感觉自己像个傻瓜一样被调侃，有点生气。我试着讲述我的所见所闻。他们再次被我结结巴巴的表达逗乐了。

“你们还会听到更多的。”我断言道，接着就回家了。

我在门厅处见到了我的妻子，她被我憔悴的模样吓了一跳。我走进餐厅，坐下来，喝了点酒，缓过神后，我就把我看到的事情告诉了她。晚餐已经上桌了，但都冷了，因为在我讲述的时候，压根没人想到它。

“还有一点，”为了消除我引起的恐慌，我说，“它们是我见过行动最迟缓的东西。它们可以待在坑里，杀死靠近它们的人，但却无法从坑里爬出来……但它们太可怕了！”

“别说了，亲爱的！”我妻子眉头紧锁，伸手阻止了我。

“可怜的奥格尔维！”我说，“想想他可能已经死在那里了！”

我的妻子起码没有怀疑我的经历。我看到她的脸色煞白，便立刻住了口。

“它们可能会来这里。”她说了一遍又一遍。

我逼她喝了点葡萄酒，并试图安抚她：“它们几乎动弹不得。”

为了安慰她，也为了安慰我自己，我开始重复奥格尔维告诉过我的话——火星人绝不可能在地球上生活。我特别强调，重力是它们难以逾越的一道坎。地球表面的重力是火星表面的三倍。因此，火星人在地球上的体重是在火星上的三倍，但肌肉力量却是一样的。对它们来说，自己的身体就像铅块一样沉重。这确实是普遍的看法。例如，翌日早上的《泰晤士报》和《每日电讯报》也都坚信这一点，而且都和我一样忽略了两个明显的影响因素。

首先，我们现在都知道了，地球上的氧气含量比火星上的要高得多，或者说地球上的氩气含量比火星上的要少得多（随便你怎么说）。这种过量的氧气对火星人产生的振奋作用，无疑大大抵消了它们体重增加的影响。其次，我们都忽略了一个事实，那就是火星人所掌握的机械技术完全可以在紧要关头免除肌肉的消耗。

但我当时并没有考虑到这些问题，所以我推理：入侵者毫无优势可言。坐在自家的餐桌边，享用着美酒佳肴，再加上必须让妻子安心，不知不觉中我的勇气倍增，也渐觉安心。

“它们干了件蠢事，”我摇晃着酒杯说道，“它们之所以危险，毫无疑问是因为它们被吓疯了。也许它们以为地球上不会有活物，更别提有智慧的生物了。”

我说:“如果最坏的情况发生，一发炮弹就能把坑里的它们全炸死。”

刚刚发生的一切都太过刺激，让我的感知力一直处于兴奋之中。直到现在，我还清晰地记得那天餐桌上，在粉红色灯罩下，爱妻那略带焦虑并望向我的眼睛和她那娇美的面容，那铺着洁白桌布并摆放着各式银制器皿和玻璃器皿的餐桌——在那个年代，即使是哲学家也有许多小奢侈品——以及我杯中深紫色的葡萄酒，一切都如照片一样历历在目。酒酣耳热之际，我坐在桌旁，嚼着坚果，抽着香烟，一边惋惜奥格尔维的鲁莽，一边痛斥火星人的短视与怯懦。

或许毛里求斯某只地位显赫的渡渡鸟也曾颐指气使，自以为是地在自己的巢穴里谈论着一群无情的水手和他们的到来。“我们明天就去把他们啄死，亲爱的。”殊不知这些水手正是为了作为食物的它们而来。

我当时并没有意识到，那是我吃到的文明社会的最后一顿晚餐。此后我要面对的，将是无数个诡异而可怖的日日夜夜。

八　周五晚上

那个周五发生的所有奇妙怪事中，在我看来最不寻常的便是，在这一系列即将彻底扰乱人们社会生活的变故来临之际，人们的生活一如往常。如果在周五晚上拿着一副圆规，以沃金沙坑为圆心，画一个半径为 5 英里的圆圈，我敢打赌你在圆圈外找不出任何一个情绪或习惯受到新来者影响的人，除非他是斯丹特的亲属，或者是那三四个骑自行车的人的亲人，或是与躺在公地上死去的伦敦人沾亲带故的人。

当然，许多人都听说过这个圆筒，闲暇时也会谈论它，但其轰动程度肯定比不上向德国发出最后通牒时那样强烈。

当晚，在伦敦，可怜的亨德森发出的那封描述圆筒逐渐拧开的电报被判定为谣传，他所在的晚报社向他求证却没有得到任何回复——他已经遇害了——决定不再刊登特刊。

即使在5英里的范围内，绝大多数人的生活也没有受到这件事的影响。正如我先前遇到的那几个与我交谈的男人和女人一般，整个地区的人们生活一如往常：人们正常吃晚饭，工人们在结束一天的劳作后修葺花园，孩子们到了上床睡觉的时间，年轻人在小巷里谈情说爱，学生党则坐在书桌前埋头苦读。

也许村镇上会有一些议论，成为酒馆里大家都关心的新奇话题。时不时来个报信人，甚至是后续事件的目击者，会引起一阵骚动，人们会奔走相告。但在大多数情况下，工作、吃喝拉撒睡的日常生活还是一如既往地进行着，就好像天上没有火星一样。即使在沃金、霍塞尔和乔巴姆也是如此。

在沃金枢纽站，直到很晚的时候仍有火车来来往往，还有火车在铁路支线上转轨，乘客们在上下车或候车，一切都以最普通的方式进行着。一个从镇上来的男孩兜售着刊登有下午新闻的报纸，打破了史密斯书店的垄断经营。火车和轨道的摩擦声，尖锐的引擎笛声，与“火星来人！”的呼喊声混在一起。晚上九点钟左右，有人兴奋地带着让人难以置信的消息来到车站，可造成的骚乱还比不上酒鬼们造成的骚乱。在疾驰开往伦敦的火车上，有乘客透过车厢向窗外张望，看到霍塞尔方向有一束异乎寻常的火光一闪而逝，只余一束红光和薄薄的烟雾划过星空。他们认为没什么大事，最多就是石楠丛失火了。此时只有在公地的边上，才能察觉到一丝异常。在沃金边界处，起码有五六幢房屋在火海中燃烧。三个村子靠公地一边的所有房子里都亮着灯，人们彻夜未眠。

一群人在乔巴姆桥和霍塞尔桥上徘徊，心中好奇而不安，不时有人来了又有人离去，但人群始终不散。事后人们发现，有一两个喜欢冒险的人钻进了黑暗中，爬到了火星人附近；但他们再也没有回来，因为不时有一束光像军舰上的探照灯一样扫过公地，热射线就尾随而来。除此以外，这片公地寂静而荒凉，星空下烧焦的尸体躺了一夜，第二天仍在那里。很多人都听到了从坑里传来的敲击声。

这就是星期五晚上的情况。整个事件的核心就是这个圆筒，它像一支有毒的镖，刺进了我们这个古老星球的皮肤，但毒性尚未发作。圆筒周围的公地一片寂静，有的地方冒着烟，这里或那里偶然隐约可见几个黑乎乎的物体躺在那里，姿势扭曲，抑或是燃烧着的灌木丛或树木。公地边缘站着一群看热闹的人们，火势还没有蔓延到更远的地方。在其余各地，生活的溪流仍在流淌，一如往常。狂热的战争还在酝酿，它很快就会堵塞静脉和动脉，瘫痪神经，摧毁大脑。

整整一夜，火星人都在不眠不休地调试着它们的机器，敲敲打打，搅拌声不停，不时有青白色烟雾升腾而起，飘向空中。

周五晚大约十一点，一个连的士兵穿过霍塞尔，沿公地的边缘部署，形成了第一道警戒线。随后，第二个连穿过乔巴姆，部署在公地北侧。当天早些时候，因克尔曼兵营的几名军官曾出现在公地，其中一名军官伊登少校据说失踪了。午夜，该团的上校赶到乔巴姆桥，忙着向围观人群询问情况。军方显然已经意识到了事情的严重性。翌日上午的报道称：当日十一时许，卡迪根团的一个轻骑兵中队，率领大约四百名士兵，并携带着两挺马克沁重机枪从奥尔德肖特出发了。

午夜刚过，在沃金切特西路上，围观的人群看到一颗流星从天而降，坠入西北方的松树林中。它通体绿色，像夏日的闪电一样无声地闪着光。这是第二个圆筒。

九　战争开启

我依然记得，周六一整天我都在惴惴不安中度过，人也疲惫不堪。天气又闷又热，听说气压也起伏不定。妻子早已进入梦乡，我却睡得很不踏实，便早早起身了。早饭前，我走进花园，凝神倾听公地方向的动静，但除了百灵鸟的叫声，没有任何动静。

送奶工像往常一样来了。我听到他的马车发出的嘎吱声，便绕到侧门向他打听最新消息。他告诉我，晚上火星人被军队包围了，枪炮也将运抵。然后我听到了一个熟悉的、让人安心的声音—— 一列火车正驶向沃金。

送奶工说："如非万不得已，军队不会杀死它们的。"

我看到我的邻居在花园里劳作，便和他聊了一会儿，然后去吃早餐。这是一个再正常不过的早晨。我的邻居认为，这个白天部队就可以将这些火星人悉数捕获，或者全数歼灭。

他说："他们如此难以接近，这太让人遗憾了。我们很想知道他们在另一个星球上是怎么生活的，我们也许能从中学到一些东西。"

他走到篱笆边，递给我一把草莓，他对园艺热情有加，对邻居同样慷慨大方。与此同时，我还得知拜弗利特高尔夫球场附近的松树林被烧毁了。

他说道："我听说，又有一个该死的'圆筒二号'坠落在那里了。其实一个就够够的了。等一切解决之后，保险公司估计要损失一大笔钱。”说着，他自以为幽默地笑了起来。他说，树林还在燃烧，并指着远处的一片烟雾对我说：“你看，松针和草皮覆盖着厚厚的土壤，脚下还会热上几天。”随后，他谈起“可怜的奥格尔维”，又变得严肃起来。

早餐后，我没有去工作，而是决定到公地走走。走到铁路桥下，我看到了一群士兵——我想是工程兵吧，他们头戴小圆帽，敞着脏兮兮的红夹克，露出里面的蓝色衬衫。他们身着深色长裤，穿着中筒长靴。他们告诉我，运河上不允许任何人通过。我望向桥的方向，看见一名卡迪根军团的士兵在站岗。我和这些士兵聊了一会儿，我告诉他们我在前一天晚上看到了火星人。他们没有一个人见过火星人，对什么是火星人毫无概念，因此他们向我提出了很多问题。他们说，他们不知道是谁批准了部队的行动，他们原本以为是皇家骑兵卫队的内部纷争才导致的这一切。工程兵比普通士兵的受教育程度高得多，他们颇有见地地探讨了可能发生战争的特定条件。听完我对热射线的描述，他们就开始争论起来。

“要我说，就找个掩体爬过去，然后发动突然袭击。”一个人说。

“见鬼去吧！”另一个说，“什么掩体能挡得住热射线？用棍子就把你们串起来烤熟了！我们要做的就是尽量利用地形靠近它们，然后挖一条壕沟。”

“炸你的壕沟！你总想挖沟，你应该生来就是只兔子。”

“那他们就没有脖子吗？”第三个人突然说，他个子不高，沉思着，皮肤黝黑，抽着烟斗。

我再次描述了一番。

“章鱼，”他说，“我就这么叫它们吧。我们总是说要做打鱼的渔夫，谁知这次变成鱼来狩猎渔夫了。”

“杀死这样的野兽算不上杀人。”第一个人又说。

“为什么不直接用炮轰掉这些该死的东西？”那个黑黑的小个子说，“鬼知道它们会做些什么。”

“你的炮弹在哪呢？”第一个人问，“没时间了。我的建议是抓紧时间，速战速决。”

他们就这样讨论着。过了一会儿，我就离开了，向火车站走去，我想把所有能买到的早报全买来看一看。

不过，那个上午漫长而无趣，下午更是如此，我可不想我的详尽描述让我的读者厌倦，在此就不赘述了。当天我没能再次去到公地，因为就连霍塞尔和乔巴姆教堂的塔楼也被军方控制了。我询问那些工程兵，他们一无所知。军官们则一直忙忙碌碌，显得神秘兮兮的。有了军队坐镇，镇上的人们感觉安全又有了保障。我听烟草商马歇尔说，他的儿子也在公地的死者当中。士兵们已经通知霍塞尔郊区的居民锁上家门，尽快撤离。

下午两点左右，我回家吃了午饭。我感觉异常疲惫，因为前面也提到，这一天非常炎热和沉闷。为了提神，我下午洗了个冷水澡。四点半左右，我去火车站买了一份晚报，因为早报对斯丹特、亨德森、奥格尔维以及其他人被杀一事描述得语焉不详，但也没能得到更多消息。火星人一直没有露面，它们似乎在自己的坑道里忙碌着，阵阵敲击声传来，烟雾几乎连绵不断。显然，它们正忙着备战。报纸上的报道千篇一律：“已重新尝试发出信号，但未获回应。”一位工程兵告诉我，所谓的信号发出是指派一个人去壕沟里，用长杆插上一面旗子。这种初步接触对于火星人来说就像牛对着人类哞哞叫一样，它们没有予以回应。

我必须承认，所有这些武器装备和各种准备工作都让人兴奋。我开始渴望一战，并幻想着以不下十种方法打败了入侵者。学生时代关于战斗和英雄主义的梦想再次涌上心头。我甚至觉得这谈不上是一场公平的较量，因为它们在坑道里显得非常无助。

下午三点钟开始，从切特西或阿德尔斯通方向每隔一段时间就会传来砰砰的枪声。我听说，军方正在那片松树林炮轰第二个圆筒，希望在其打开之前摧毁它。不过，直到五点左右，才有一门野战炮抵达乔巴姆，用来对付首批降临的火星人。

傍晚六点左右，我和妻子坐在凉亭里喝茶，正兴致勃勃地谈论着这场即将到来的大战，忽然听到公地传来一声沉闷的爆炸，接着就是一阵枪声。紧接着，离我们很近的地方传来一阵猛烈的撞击声，震得地面都在颤抖。我冲到草坪上，看到东方学院周围的树梢燃起了红色火焰，烟雾直冲云霄。旁边小教堂的塔楼已然倒塌，变成一片废墟。清真寺的塔尖消失了，而学院本身的屋顶看起来就像被一门重达百吨的大炮轰击过一样。我家的一根烟囱也裂开了，像被枪弹击中了，碎片四溅，其中一块哗啦啦地从屋顶瓦片上滑落，掉在书房窗边的花坛中，摔成了一堆红色碎片。

我和妻子呆愣在原地。我忽然意识到，既然学院这道屏障已被扫清，那么梅伯里山的山顶就暴露在了火星人热射线的射程之内。

想到这里，我一把抓住妻子的胳膊，毫不客气地把她拽到了路上。然后我叫来仆人，但仆人吵着要拿她的箱子，我告诉她我会亲自上楼去拿。

“我们不能待在这里。”我说。说话间枪声再次在公地响起。

“那我们该去哪儿呢？”妻子惊慌失措。

我愣神想了一会儿，然后想起了在莱瑟黑德的表亲们。

“莱瑟黑德！”我高声喊道，竭力盖过突然响起的嘈杂声。

她的目光掠过我，朝山下望去。人们纷纷走出家门，满脸诧异。

“我们怎么去莱瑟黑德？”她又问。

我望见山下有一群轻骑兵从铁路桥下急速穿过。三人从东方学院敞开的大门飞驰而过，另有两人下了马，开始挨家挨户地奔走通知。透过烟雾升腾的树梢，太阳光倾泻而下，赤红如血，给万物投射出一种陌生的耀眼光芒。

我说：“待在这儿，这里很安全。”说完我立刻向“斑点狗”旅店跑去，因为我知道店主有一辆轻便的双轮马车。我意识到，过不了多久，山这边的所有人都会行动起来。我在酒吧里找到了旅店老板，他还不知道屋后发生了什么。一个男人背对着我，正在和他说话。

“我要一英镑，”旅店老板说，“而且不带车夫。”

“我给你两英镑。”我隔着那个陌生人的肩头喊道。

“为什么？”

“我会在午夜前把车开回来。”我说。

“天哪！”他说，“急什么？我那辆也不是什么好车。为什么你愿意付两英镑，而且还能还回来？究竟发生了啥？”

我急匆匆向旅店老板解释说我必须出趟门，所以才来借车，而且当时我不认为他也像我一样有迫切的出行需求。于是我拴好马，套好车子，把它赶到路边停下，交给我妻子和仆人看管，自己则冲回家里，将我的银质餐盘等贵重物品打包带上。此时屋外的山毛榉树在燃烧，将路边的围栏照得通红。就在我忙活的时候，之前看到的那些下了马的轻骑兵之一跑了过来，他正在挨家挨户地劝说大家撤离。我吃力地抱着用桌布包裹好的细软从我家前门出来时，他还在劝说。我冲着他的背影喊道：“有什么最新消息？”

他转过身来，看着我，叫嚷着什么“顶着一个像盘子一样的东西爬出来了”，就往山顶那幢房屋大门跑去。马路对面突然冒出一股黑烟，一时间我看不到他了。我跑到邻居家门前，拍了拍门，再次确认邻居一家已经去伦敦了。我说话算话，又返回家拿了我仆人的箱子，把它拖到车尾，放在了仆人身旁，然后抓住缰绳，跳到我妻子身边的驾驶座上。不一会儿，我们就摆脱了烟雾和喧闹，驶下梅伯里山的斜坡，向着沃金老城方向驶去。

前方阳光明媚，一片安静祥和的景色。道路两旁是片片麦田，梅伯里旅店的招牌正来回摇晃。我看到医生的马车就在我前面。在山脚下，我扭头回望来路，只见滚滚浓烟夹杂着阵阵红色火焰，在静谧的空气中弥漫开来，在东边青翠的树梢上投下了黑影。烟雾向着东西两边延伸开去——向东延伸到拜弗利特松树林，向西延伸到沃金。路上到处都是人，全都向我们这个方向奔来。此时，在这闷热、宁静的空气中，阵阵机枪的声音微弱但清晰，响了一阵又消失了，不时还能听到步枪的射击声。显然，火星人正在他们的热射线射程内放火焚烧一切。

我对驾驶马车不太在行，不得不将注意力转向马匹。当我再次回头看时，浓烟被另一座山头挡住了。我用鞭子猛抽着马匹，直到我们快接近沃金和森德，远离了那片动荡不安，我才敢放松缰绳。这期间我赶上了医生，并超过了他。

十　风暴中心

莱瑟黑德距离梅伯里山约 12 英里。到了皮尔福德郊外，草地郁郁葱葱，空气中弥漫着干草的清香，两旁的树篱上开满了姹紫嫣红的野蔷薇，显得格外甜美。当我们的马车从梅伯里山上下来时，密集的交火声戛然而止，让这个夜晚显得格外宁静祥和。九点钟左右，我们顺利到达莱瑟黑德，让那匹马休息了一个小时，我和表兄一家一起吃了晚饭，并把妻子托付给他们照顾。

这一路上，我妻子出奇地沉默，不祥的预感压抑着她。我安慰着她，告诉她火星人被地球的重力困在坑里，最多只能爬出一点，但她只嗯了一声。要不是我答应了旅馆老板当天还车，我想她会劝我当晚留在莱瑟黑德。我也希望如此！我依然记得，我们分别时，她的脸色非常难看。

至于我嘛，我一整天都兴奋得发狂。战争的狂热在我的血液里流淌，这种狂热偶尔会在文明社会中蔓延。平心而论，我对于当晚要返回梅伯里这件事并不担心，我所担心的反而是我刚才听到的最后一次炮击声可能意味着那些来自火星的侵略者已经被消灭了。如果实在要说的话，“我想死里逃生”这句话最能表达我的心情了。

当我往回赶时，已经快夜里十一点了。黑沉沉的夜，于我而言，正如我的前景一样一片暗沉。从表兄家灯火通明的走廊出来，天气犹如白日一般闷热。头顶上乌云密布，我们周围的灌木丛却没有一丝风吹草动。表兄家的仆人点亮了两盏灯照明，幸好我对这条路非常熟悉。我妻子站在门口的灯光下看着我，直到我跳上马车。然后，她突然转身进去了，只留下表兄一家并肩站着，祝我一路顺风。

起初，我被妻子影响，心情有些沮丧，但很快我的思绪又回到了火星人身上。那时，我还对当晚的战斗过程一无所知，甚至连冲突的起因也不清楚。我回程改了道，走的是穿过奥克汉姆的那条路。我遥遥望见西边的地平线上有一抹血红的亮光，随着我越走越近，这道光芒似乎也慢慢爬上了天空。乌云正在逐渐聚集形成雷暴，与那里大片的黑红色烟雾交织在一起。

里普利街冷冷清清，村里只有一两扇窗子亮着灯，除此之外，村子里没有任何生命迹象；但在通往皮尔福德的公路拐弯处，我险些撞上了一群人，那些人背对着我站在那儿。我经过时，他们一言不发。我不知道他们对山那边发生的事情知道些什么，也不知道我一路经过时，那些寂静的房屋里主人们是在安然入睡，还是已经弃屋而逃，抑或是备受折磨，正在警惕着恐怖的黑夜。

从里普利出发，一直到我穿过皮尔福德，我一直都在韦河谷中赶路，那道红色的亮光被遮住了。当我登上皮尔福德教堂外的小山坡时，我再次看到了它，周围的树木都在颤抖，暴风雨即将来临。接着，我听到身后的皮尔福德教堂传来午夜的钟声。不一会儿，梅伯里山的轮廓便映入眼帘，在火红亮光的映衬下，远处的树梢和近处的教堂屋顶都是黑黝黝的。

正在这时，一道炫目的绿色强光照亮了我周围的道路，照亮了向远方延伸通往阿德尔斯通方向的树林。我手里的缰绳不由得一紧。一道绿光穿透了漫天聚集的乌云，突然点亮了那里的混乱，之后就落到了我左手边的田野里。那是第三颗陨星！

紧随其后的是暴风雨来临的第一道闪电，在绿色亮光的映照下呈现出令人眼花缭乱的紫色，雷声像火箭升空一样在我头顶炸响。马儿紧咬口中的马嚼子，向前狂奔。

从第一道闪电开始，一连串的闪电开始接连不断，以一种见所未见的速度。雷鸣一声紧接着一声，伴着古怪的噼啪声，听起来不像正常的雷声，倒像是一台巨型电机运转时的轰鸣声。我的马车冲下梅伯里山脚下那道缓坡，一阵细密的冰雹劈头盖脸而来。

起初，我只顾着一路狂奔，突然，有个物体从梅伯里山坡的另一面飞奔而下，吸引了我的注意力。一开始我以为那是某幢房子的屋顶，在暴雨中湿漉漉的，但一道又一道的闪电告诉我，这个屋顶正在快速滚动。那是一种难以捉摸的景象——片刻的黑暗令人迷茫，然后，一道闪光如同白昼，照亮了山顶附近的孤儿院。那红色的建筑群、绿色的松树树梢，以及这个不知为何物的物体都在我眼前变得清晰可见。

我看到了它！可我该如何描述它呢？那像是一个巨大的三脚架，比楼房还高。这个闪着金属光泽的行走引擎现在正跨过松树林，所过之处松树都被踢得东倒西歪。钢制的铰链从它身上垂下，在它行走时发出咔嗒咔嗒的声音，与头顶的电闪雷鸣交织在一起。一道闪电划过，它顿时清晰地出现在我眼前，只见它一只脚着地，另外两只脚悬在空中，好似翻了个跟头般瞬间消失又出现——因为随着下一道闪电的出现，它似乎离我又近了 100 码。你能想象一张三足挤奶凳子倾斜着以凳腿为脚，沿着路面疾速前进吗？这就是电闪雷鸣之间我所看到的一切。只不过，请想象一下这不是一张挤奶凳，而是一台架在三脚架上的巨型机器。

突然，我前面的松树林被骤然分开，就像有人从芦苇丛中穿过，芦苇被分开了一样，松树像脆弱的芦苇一样被猛然折断，纷纷栽倒下去。第二个巨大的三脚架出现了，似乎正朝我扑面而来，而我则驾着马车向它奋力迎了上去！看到第二个怪物，我几乎魂飞魄散。我顾不得再看，猛地勒紧马头，向右一甩——顷刻间，马车侧翻，车辕被轰然一下砸坏，我被甩到了一边，重重地摔进了一个浅水潭里。

我几乎立刻爬起，躬身躲到了一簇金雀花后，脚还在水里。那匹马一动不动地躺在那里（它的脖子断了，可怜的牲口！）。借着闪电的光照，我看到马车翻倒在地，车轮还在缓缓转动。又过了一会儿，这个庞然大物从我身旁大步走过，径直上山朝皮尔福德去了。

近距离观察之下，才感觉这东西的确古怪异常，因为这台机器正在行走，并非如一般机器那样无知无觉。它确实是台机器，走动之际发出响亮的金属碰撞声，它那些细长的触角颇为灵活，闪闪发光（其中一条触角还抓着一棵小松树），在它奇特的身体旁胡乱地摇摆着，哐当作响。它一边大步流星地走着，一边探着路。它顶部有一个黄铜制的头套在来回移动着，不免让人联想到这是它的脑袋在四处张望。在它的机身后面有一个巨大的白色金属块，像个超大号的鱼篓。这个怪物从我身边掠过，肢体的关节处喷出股股绿烟。一眨眼，它就消失了。

这便是我当日所见，因当时闪电频现，视线里时而亮得晃眼，时而黑影幢幢。

当那怪物经过时，它发出了一声震耳欲聋的欢快嚎叫，淹没了雷声——“啊噜！啊噜！”——不一会儿，它就在半英里开外和它的同伴会合了，双双俯身在田野里察看着。我很确信这就是它们从火星向我们发射的十个圆筒中的第三个，之前落在田野里的那个。

黑暗中，我淋着雨静静地躺在水里，在断断续续的电闪雷鸣之间，透过远处的篱笆，看着这些怪物般的金属生物在活动。这时天上下起了冰雹，密密麻麻砸下来的冰雹使得它们的身影忽而朦胧，忽而清晰。闪电时而中断，夜色则将它们吞没。

劈头盖脸砸下的冰雹和身下的水坑让我全身都湿透了。我的脑海中一片空白，过了好一阵才挣扎着爬到水坑边的干燥处，意识到危险已经迫在眉睫。

离我不远的地方有一间小木屋，周围是一片马铃薯园。我终于挣扎着起身，猫腰向木屋跑去，途中尽可能地掩藏自己。我拍打着房门，却无人应答（如果里面有人的话）。我拍了一会儿就放弃了。我利用沿途的沟渠，成功地爬进了通往梅伯里方向的松树林，没有被这些金属怪物发现。

在松树林的掩护下，我浑身湿透，哆哆嗦嗦地朝家里赶去。我在树丛中穿行，尽量沿着人行的轨迹往前走。闪电已经逐渐停歇，树林里黑漆漆一片，冰雹透过繁茂的松树树叶缝隙倾泻而下。

如果我当时明白自己所看到的一切究竟意味着什么，我就应该立即绕过拜弗利特，经过科布汉姆街，然后回到莱瑟黑德与我的妻子会合。但那天晚上，周遭的一切都透着古怪，加上我的身体情况相当糟糕，所以我没有这样做。我遍体鳞伤、疲惫不堪、全身湿透，狂风暴雨令我耳聋目瞑。

我心中只有一个模糊的念头，那就是回到自己的家——这个念头支撑着我一路向前。我踉踉跄跄地穿过树林，不慎跌进一条水沟里，膝盖也被木板擦伤，最终被“冲进”通往军事学院的小巷里。我之所以说“冲”，是因为暴雨把山上的泥沙冲刷而下，形成了一道浑浊的湍流。黑暗中，一个人踉踉跄跄地向我撞来，把我撞得连连后退。

他发出一声惊惧的大叫，向一旁闪躲，我尚未回过神来和他说话，他就被冲走了。到山脚下时，暴风雨更加猛烈，我颇为艰难地向山上走去。我紧贴着左侧的栅栏，沿着栅栏的方向一路向前。

快到山顶时，我被绊倒在一个软软的东西上，借着闪电的亮光，我看见脚下有件黑色呢子大衣和一双靴子。还没等我看清楚那人究竟为何躺在地上，闪电消失了。我站在他身边，等待闪电再次来临。闪电再次亮起，这次我看清了：这是个健壮的男人，衣着朴素但不寒酸；他的脑袋歪在身下，紧贴着栅栏，四肢呈现一种扭曲的姿势，仿佛是被人用力扔在了栅栏上又重重摔下。

我从未触碰过死尸，不由天生感觉厌恶。不过我还是克服了这种厌恶感，弯下腰将他翻过身来，确认了他是否还有心跳。他已经死透了，毫无疑问，我看到他的脖子断了。闪电第三次亮起，我终于看清了他的脸，我猛地跳了起来。他是“斑点狗”旅店的老板，我借了他的马车。

我小心翼翼地跨过他，继续向山上走去。我途经警局和纹章院，径直向自己家走去。山坡上并没有着火，尽管公地方向仍能看到火光，阵阵浓烟泛着赤红的光芒，迎向铺天盖地的冰雹。从不时闪现的亮光中，我发现周围的房屋大都完好无损。军事学院的路旁有一堆黑乎乎的东西横在路上。

此时，通往梅伯里桥的路上传来了人声和脚步声，但我连呼喊的勇气都没有，更不想去和他们会合。我用钥匙开了家门，进屋后关上门并锁好，拴好门闩，然后踉踉跄跄地走到楼梯底，坐了下来。我满脑子都是那些大步流星的金属怪物，还有被砸在栅栏上的尸体。

我蜷缩在楼梯底，背靠墙壁，浑身颤抖不已。

十一　窗前景象

前面提到过，我的情绪波动总能自行平复。我在楼梯底坐了一会儿，发现自己浑身又冷又湿，楼梯口的地毯上全是水渍。于是我木讷地站了起来，走进餐厅喝了点威士忌，然后就去换衣服了。

换完衣服后，我上楼去了书房，但我不知道为什么要这么做。从我书房的窗户看出去，可以看到霍塞尔公地的树木和铁路。先前我们离开得匆忙，这扇窗户忘了关。此时走廊很暗，房间里也格外阴暗，与窗外的景色形成鲜明对比。我在门口停下了脚步。

雷暴亦已平息。东方学院的塔楼和周围的松树都不见了，远处火光通红，映照得沙坑周围的公地清晰可辨。许多巨大的黑色身影在火光中忙忙碌碌，整个情景怪诞而奇异。

在那个方向上，整个地区仿佛都在燃烧——宽阔的山坡上遍布着细小的火舌，暴风雨即将停歇，阵风吹得火舌不停摇曳，将天际快速飘过的飞云都映红了。时不时地，近处某个火堆燃起的烟雾在窗外飘过，遮住火星人的身影。我看不清它们在做什么，也看不清它们的身影，更无法辨认它们正在忙碌摆弄的黑色物体。我也看不到近处的火光，只看到火光倒映在书房的墙上和天花板上，舞动摇曳。空气中弥漫着一股树脂烧焦的刺鼻味道。

我悄无声息地关上书房门，蹑手蹑脚走近窗前。顿时，窗外的景色豁然开朗，一边能看见沃金车站附近的房屋，另一边能看到拜弗利特烧焦变黑的松树林。山下铁路拱桥附近亮着火光，梅伯里路沿线和车站附近街道上的几座房子都成了废墟，火光熊熊。我起初对铁路上的火光颇感困惑：那里一堆黑乎乎的物事，火光冲天，右边倒着一排黄色的长方形。后来，我才看出这是一列残破的火车，车头被砸碎着了火，后面的车厢倒在了铁轨上。

目之所及，整个夜色笼罩下的大地被时不时冒出的微弱火光和烟雾分割成了不规则的形状，其中最明显的三处亮光则来自着火的房屋、起火的火车和乔巴姆方向那块兀自燃烧着的土地。这一景象令人感觉怪异，广袤的黑色大地燃起熊熊大火，我想只有陶器厂的夜间景象能与之媲美。起初，尽管我竭力分辨，但仍看不出远处是否有人。后来，借着沃金车站的灯光，我看到了许多黑色的身影，他们正一个接一个匆匆地穿过铁路线。

这就是我多年来一直安稳生活的小世界，如今已是一片混乱的火海！我到现在也没弄清楚在过去的七个小时里到底发生了什么；我也搞不清楚这些机械巨兽和我之前看到的从圆筒里爬出的笨拙生物之间的关系，虽然我已有所猜测。我在办公椅上坐了下来，转向窗边，带着一种近乎无情的趣味凝视着这片焦黑的大地，凝视着火光映照下在沙坑边忙碌着的三个庞大黑影。

它们似乎忙得不可开交。我开始问自己，它们会是什么呢？它们是有智慧的机器吗？我还是觉得这不可能。抑或是每个机器里都坐着一个火星人操控着这台机器，就像人的大脑操控身体一样？我开始把这些东西与人类的机器进行比较，生平第一次问自己，对于一个有智慧的低等动物来说，铁甲舰或蒸汽机会是什么样子？

暴风雨过后，天空一片晴朗，燃烧着的大地冒着滚滚浓烟，烟雾之上，火星变成了一个小点渐渐西沉。此时，一个士兵进了我家的园子。我听到栅栏上传来轻微的响动，于是从昏昏欲睡中清醒过来。我低头看去，隐约看到一个人正爬过栅栏。人类同胞的出现让我倦意顿消，急切地从窗户探出身去。

“嘘！”我小声说。

他疑惑地停下来，骑在了栅栏上。然后，他翻过栅栏，穿过草坪，来到房子的拐角处。他一路猫着腰，蹑手蹑脚地走着。

“谁在那儿？”他站在窗下往上张望，也小声说。

“你要去哪儿？”我问。

“谁知道呢。”

“你是想躲起来吗？”

“对。”

“进屋来。”我说。

我走下楼去打开门，等他进来后再次将门锁上。我看不清他的脸。他没戴帽子，大衣的扣子也没扣。

“天哪！”我拉他进门时他说道。

“发生了什么事?”我问。

“还能有什么事?”我依稀看到他做了一个绝望的手势，“它们消灭了我们——彻底消灭了我们。”他喃喃重复着。

他近乎机械地跟着我走进餐厅。

“来点威士忌。”我说着，倒了一大杯给他。

他一饮而尽。随即，他突然到桌前坐下，双手捂着脸啜泣起来，像个小男孩一样，情绪十分激动，而我呢，却奇怪地将自己刚经历过的绝望抛诸脑后，站在他身旁，疑惑不解。

过了很久，他才缓过神来回答我的问题，可是他的回答却是支离破碎的，令人摸不着头脑。原来他是炮兵连的一名炮兵，七点左右才上战场。据说，当时公地上正在交火，第一批火星人在一个金属盾牌的掩护下，慢慢爬向它们的第二个圆筒。

后来，这个盾牌长出了三条腿，踉踉跄跄地站起来，变成了我先前见到的第一台战斗机器。炮兵运送的火炮在霍塞尔附近被卸了下来，准备轰炸沙坑，正是这门火炮的到来宣告了行动正式开始。当时炮兵御马向后冲去，但马踩到了一个兔子洞，摔倒了，将他甩入了一个凹坑。就在这时，火炮在他身后炸响，弹药被引爆，四周一片火海，他发现自己躺在一堆烧焦的死人和死马下面。

“我一动不动地躺着，”他说，“吓得魂飞魄散，一匹马的半边压在我身上。我们全军覆没了。那味道——天哪！就像烧焦的肉！我摔下马后伤了后背，躺在那里动弹不得，直到感觉好些了才能起身。那感觉就像是一分钟之前还在参加阅兵游行，然后就是一个趔趄，砰，嗖!”

“全军覆没!”他说。

他在死马下面躲了很久，偷偷窥视着公地上发生的一切。卡迪根军团妄图突袭，想以短兵相接的方式攻击沙坑，结果被全部抹杀。之后，有只怪物站了起来，在为数不多的几个漏网之鱼中间不慌不忙地来回走动。它顶上的兜帽像是人类的脑袋，看上去就像是一位头戴兜帽的隐修士。它那姑且称作手臂的肢体拎着一个复杂的金属盒子，盒子上闪烁着绿光，热射线就是从盒子上漏斗形状的口子中冒出的。

几分钟后，在这名炮兵目力所及的区域，公地上已经没有一个活物，每一丛灌木，每一株树木，要不就被烧得只剩骨架，要不就在熊熊燃烧。其余轻骑兵远远守在弯道外的路上，他无法看见他们。只听见火星人又活动了一阵才停下来。这个巨型怪物直到最后一刻才把目标对准沃金车站和周边的房屋，转瞬间，热射线射出，小镇变成了一片火红的废墟。之后，那个“东西”关闭热射线，背对着炮兵，开始蹒跚地向燃烧着的松树林走去，那里藏着第二个圆筒。这时，第二只浑身闪闪发光的泰坦巨怪从沙坑里爬了出来。

第二只怪物紧随第一只怪物之后，炮兵见状，开始小心翼翼地爬过滚烫的石楠花灰烬，向霍塞尔方向挪去。他设法爬进了路边的水沟里，侥幸逃到了沃金。在那里，他的故事变得激昂起来。那里已经无法通行，似乎有几个人还活着，但都丧失了理智，许多人被烧伤或烫伤。大火把他逼得偏离了主路，这时一只火星巨兽回来了。他躲在一堆几乎烧焦的断壁残垣中，看到这只火星巨兽追赶着一个人，用它坚硬的触手抓住他，然后将他的头猛撞向一棵松树。终于，在夜幕降临之后，炮兵逮住机会逃了出去，翻过了铁路路堤。

从那时起，他就一直躲躲藏藏地向着梅伯里前进，希望能在伦敦摆脱危险。人们都躲在战壕和地窖里，许多幸存者向沃金和森德方向逃去。他一路渴得要命，可是直到到了铁路拱桥附近才找到了一根被破坏的水管，水像泉水般喷涌而出，汩汩地流到地上。

这就是我从他口中一点一点听来的故事。他的情绪渐渐平静，试图让我明白他所看到的一切。他大半天没吃东西了，所以我去储藏室找了一些羊肉和面包，拿进房间。我们没有点灯，生怕引来火星人，只能在黑暗中时不时地吃些面包或肉。随着他的讲述，周遭的一切从黑暗中渐渐浮现出来，窗外被践踏的灌木丛和被折断的玫瑰树变得清晰，似乎曾有许多人或者动物冲过草坪。我看清了他的脸，黝黑而憔悴，想必我的脸也和他一样。

吃完之后，我们轻手轻脚地上了楼，来到我的书房。我又从敞开的窗户向外望去，一夜之间，山谷变成了一片灰烬。火势已经减弱，之前看到的几个火堆徒留烟雾盘旋。无数房屋的残垣断壁和被烧得漆黑一片的树木废墟，失去了黑夜的“掩饰”，现在在无情的晨光中显现出一片破败可怕的景象。不过，仍有一些事物侥幸逃过一劫，零星地出现在视野里——这里是一个白色的铁路信号灯，那里则是花房一隅，在残垣断壁中竟是那样鲜明。人类的战争史上从未有过如此不分青红皂白的全面破坏。东方的曙光越来越亮，三个金属巨人站在坑边，头罩在不停转动，仿佛在审视它们造成的荒芜。

我感觉到沙坑似乎被扩大了，一股股肉眼可见的绿色烟雾从坑中涌出，迎向黎明的曙光——先是升腾而起，又在空中回旋，接着变得支离破碎，直到消失。

远处是乔巴姆周围燃烧着的火柱。天一破晓，它们就变成了烟柱，殷红如血。

十二　目睹韦布里奇与谢珀顿覆灭

天色愈渐明亮，我们从观察火星人的窗口退了出来，悄悄地下了楼。

炮兵同意我的看法，认为这所房子不适合久留。他告诉我他打算去伦敦，去和他的炮兵连会合——第12炮兵连。我的计划是立即返回莱瑟黑德。我深知火星人的力量无可匹敌，我决定带妻子去美国纽黑文，和她一起离开这个国家。因为我已经清楚地意识到，在消灭这些生物之前，伦敦城周围势必会有一场恶战。

然而，在我们和莱瑟黑德之间，横亘着第三个圆筒，还有守护它的巨人。如果当时只有我一个人，我想我应该会不顾一切地去闯一闯，但炮兵劝阻了我："这对你妻子可不太仁慈，让一个好妻子成为寡妇。"最后，我同意与他同行，以树林为掩护，向北走到科布汉姆，然后再和他分手。之后，我将绕道埃普森到达莱瑟黑德。

我本想立即出发，但我的同伴可是现役军人，在这方面比我有经验多了。我在屋子里翻箱倒柜，按照他的吩咐找来一个瓶子，装满威士忌，并将每个口袋里都塞满饼干和肉片。一切准备妥当后，我们才蹑手蹑脚地出了门，沿着我昨晚走过的那条崎岖不平的山路飞快下山。一路过来，周边的房屋似乎都荒废了，路上躺着三具烧焦的尸体，紧紧挨在一起，是被热射线烧死的；路上散落着人们遗落的物品——一座钟、一只拖鞋、一把银勺，以及其他一些寻常人家的贵重物品。拐过街角，在通往邮局的路上有一辆小型马车翻倒在地，车上装满箱子和家具。马不见了，一边车轮被压坏了。其中一个钱箱曾被匆忙砸开，扔在一堆垃圾里。

孤儿院的门房还在燃烧，除此之外，这里的房屋都没有受到太大的影响。热射线经过，扫掉了这里房屋的烟囱顶，然后就过去了。然而，除了我们自己，梅伯里山上似乎没有一个活人。我猜想，大部分居民已经从老沃金路逃走了，就是我开车去莱瑟黑德时走的那条路，或者都已经躲藏起来了。

我们再次经过那个黑衣人的尸体，一夜的冰雹把尸身弄得湿漉漉的。我们沿着他旁边的小路走下去，闯进了山脚下的树林。穿过树林，我们向铁路方向走去，一个人影都没看到。铁路对面的树林变成了一片伤痕累累、乌漆墨黑的废墟；树木大多已弯折倒地，剩下一小部分矗立着，只是灰色的树干令人沮丧，叶片绿意不再，呈现深褐色。

大火没有蔓延到我们这边，只是烧焦了较近的树木。在伐木工人周六干活的那一带，被砍伐下来的树木以及新修剪好的树木都堆在一片空地上，伐木机和发动机旁堆满了锯末。旁边有一间临时小屋，已经荒废。今天早上没有一丝风，一切都静得出奇，也没听见鸟儿鸣叫。我和炮兵两人急匆匆地赶路，不时低声交谈，并回头张望。有那么一两次，我们甚至停下来探听动静。

好一会儿之后，我们靠近了公路。此时，马蹄声骤响，透过树丫，我俩看到三个骑兵正向着沃金缓慢前进。听到我们的招呼，他们停了下来，我们急忙向他们走去。那是第8轻骑兵团的一名中尉和两名二等兵，他们拿着一个像经纬仪一样的支架，炮兵告诉我那是日光仪。

中尉说："你们是今早从这条路过来的第一拨人。前面发生了什么？"

他的声音和表情都很急切。他身后的士兵满脸好奇地看着我们。我的同伴跳下马路牙子来到路上，敬了个军礼。

"报告长官，昨晚大炮被摧毁了。我一路躲藏，正试图重新加入炮兵连，长官。我估计沿这条路走不到半英里，你们就能看到火星人了。”

“他们到底是什么鬼东西？”中尉问。

“穿着盔甲的巨人，长官。差不多100英尺高，有三条腿，身体的材料似乎是铝，还有一个戴着头罩的大脑袋，长官。”

“滚！”中尉说，“真是不知所谓！”

“你会明白的，长官。他们带着一种盒子，长官，会发射火焰，把你击毙。”

“什么意思——你是说炮筒吗？”

“不，长官。”炮兵开始生动地讲述热射线。讲到一半，中尉打断了他，抬起头来看向我。我仍然站在马路牙子上。

“千真万确。”我说。

“好吧，我想我也应该看看。听好了，”他转向炮兵说道，“我们正在这里疏散民众，你最好继续前进，找到马文准将，把你知道的都告诉他。他在韦布里奇，知道路吗？”

“我知道。”我说，然后他又调转马头向南走去。

“你们说还有半英里？”他问。

“最多了。”我回答，并指向南面的树林后方。他向我道谢，然后继续骑马赶路，之后我们再也没见过。

走了很久，我们在路上又遇见三个妇女带着两个孩子，正忙着清理一间工人的小屋。她们推着一辆小手推车，车上堆满了脏兮兮的包裹和破旧的家具。我们经过时，她们都忙得不可开交，根本没空和我们说话。

抵达拜弗利特车站后，我们走出了松树林，眼前的乡村在晨曦中静谧安详。我们已经远离了热射线的射程范围，这一刻我觉得这个周日和平日里并无二致，只除了一些房屋静悄悄地已然废弃，另一些房屋里还在热火朝天地收拾东西，还有一些士兵站在铁路桥上，凝视着铁路通往的沃金方向。

几辆农用马车和手推车嘎吱作响，沿着通往阿德尔斯通的公路行驶着。突然，隔着一片田地，我们透过农场大门看到在一片平坦的草地上，有六门十二磅重的大炮整齐地排列着，炮口朝向沃金方向。炮兵们在大炮旁边整齐伫立，像是等待着检阅，弹药车也井然有序地停在附近。

“很好！”我说，“无论如何，它们该尝尝炮弹的滋味。”

炮兵在门口犹豫了一下。

“我要继续前进。”他说。

远处在韦布里奇桥对岸，一些穿着白色工装夹克的人正在筑起一道长长的防御工事，身后还架着更多枪炮。

炮兵说：“这简直就是弓箭与闪电的较量。他们还没见识到热射线的威力。”

军官们站在一旁，无所事事，正透过树梢向西南方向张望着，挖掘工事的士兵们也不时停下来向同一个方向张望。

拜弗利特一片混乱：人们在收拾行李，几十个轻骑兵有的下了马，有的骑在马上，正在四处催促着他们撤离。村镇街道上不少车辆正在等待乘客，有三四辆标有白圈十字的黑色政务马车，一辆旧式公共马车和其他一些车辆。街上站着几十个人，大多数人都遵循安息日的惯例身着正装。士兵们试图让他们意识到形势的严峻，可却没人相信。我们看到一个瘦弱的老头拖着个大箱子和十几盆兰花，正气愤地与下士理论着，因为那家伙居然劝说他把东西都留下。我停下脚步，抓住了老头的胳膊。

“你知道那边有什么吗?”我指着那片藏着火星人的松树林问他。

“嗯?”他转过身来说道，“我在和他解释这些都是很贵重的。”

“死亡!”我大吼一声。“死神来了！死神来了!”让他自己消化吧，我急忙追上炮兵。拐弯后，我回头看了一眼。下士已经离开了那个老头，而老头还站在他的箱子旁，心不在焉地望着树林，箱子顶上放着他的兰花。

在韦布里奇，谁也不知道司令部设在何处。整个地方一片混乱，这是我在任何城镇都从未见过的。马车、货车到处都是，各种各样的交通工具和马匹多得令人吃惊。这里的上流人士正在整理行装，男人们穿着高尔夫球服或是赛艇服，妻子们则盛装打扮，一些游手好闲的人在河边热火朝天地帮忙，孩子们兴奋不已，大概是因为这个周日的经历非同一般。混乱中，令人敬重的牧师正提前带领大家举行祷告仪式，他的铃铛声音盖过了周围的喧嚣。

我和炮兵坐在喷泉广场的台阶上，就着我们带来的食物，吃了勉强算是一顿的饭。巡逻的士兵们——这回不再是轻骑兵，而是身着白衣的近卫军团的士兵——正在警告人们立刻撤离，否则一旦开火，他们就得躲进地窖里。我们穿过铁路桥时看到火车站里里外外都挤满了人，拥挤的站台上堆满了箱子和包裹。我敢打赌，正常的交通已经停止，以便部队和枪支能够运往切特西。我后来听说，为了争抢晚些时候加开的专列上的位置，人群爆发了一场野蛮的争夺战。

我们在韦布里奇一直待到中午，随后来到谢珀顿水闸附近，那里是瓦伊河和泰晤士河的交汇处。我们花了一些时间帮助两位老妇人把行李搬上一辆小推车。瓦伊河在这里分成了三个支流，河对岸有一个渡口，有船出租。谢珀顿一侧有一家带草坪的客栈，客栈外，谢珀顿教堂的塔楼从树林中探出脑袋，不过已被热射线削成了一个尖顶。

在这里，我们遇到了一群情绪激动、吵吵嚷嚷的逃难者。到目前为止，逃难还没有发展到恐慌的程度，但渡河的人数已经远远超出了往来船只的承载能力。人们带着沉重的行李，气喘吁吁地一路赶来。有一对夫妻甚至抬着一扇门板，上面堆放着生活用品。还有人告诉我们，他打算从谢珀顿车站逃离。

大伙都在叫嚷，甚至有人还在说着俏皮话。这里的人们大概以为火星人只是有点难对付的人，他们有可能会袭击和洗劫城镇，但最终肯定会被消灭。人们时不时会紧张地瞟一眼河对岸，瞟一眼切特西的草地，但那边毫无动静。

泰晤士河对岸，除了船只靠岸的地方，一切都静悄悄的，与萨里这边形成了鲜明的对比。人们在那里下了船，拖着行李沿着小路而去。大渡轮刚从对岸返回。三四个士兵站在客栈的草坪上，嘲笑着这些逃难的人，并没有提供帮助。客栈已经关门了，因为现在是禁止营业的时间。

“那是什么？”一个船夫喊道。“闭嘴，你个蠢货！”我身边一名男子冲着一只狂吠不止的狗吼道。接着那个声音又响了起来，这次是从切特西方向传来的，是一声闷响——那是炮声。

战斗开始了。几乎同时，就在我们右侧的河对岸，一排看不见的大炮加入了战斗（看不见是因为被树木遮挡），炮声此起彼伏。一个女人尖叫起来。每个人都被这突如其来的战火惊呆了，战火离我们很近，但我们却什么都看不见。除了平坦的草地，什么也看不到，牛群在草地上悠闲地觅食，柳树在温暖的阳光下泛着银光，纹丝不动。

我身旁一个女人迟疑道：“士兵会挡住它们的。”树梢上空腾起一片青烟。

突然，我们看到远处的河面上冒起了一股浓烟，这股浓烟腾空而起，高悬在空中；紧接着，脚下的地面猛地一沉，一声巨响在空气里回荡，震碎了附近房屋的两三扇窗户，让我们大吃一惊。

“它们来了！”一个穿着蓝色运动衫的人喊道，“在那边！你们看到了吗？那边！”

很快，一个、两个、三个、四个，火星机器人出现了，远远看去，它们跨过小树，穿过平坦的草地，急匆匆向河边走来。起初，它们像是戴头罩的小人，侧滚着向前，速度却快得像飞鸟。

随后，出现了第五个火星机器人，也倾斜着向我们而来。它们那装甲般的身躯在阳光下闪闪发光，冒着炮火迅猛前行。随着它们步步逼近，它们的身躯迅速变大。最左边的一个距离最远，它高高挥舞着一个巨大的箱子，一道热射线——就是我在周五晚上看到过的幽灵般可怕的热射线——朝切特西袭来，击中了小镇。

看到这些奇特可怕的生物行动如此迅捷，河边众人一时间都吓傻了。没人尖叫，也没人呼喊，四周一片安静。安静过后才是一阵嘶哑的低语声和脚步声，以及河水泼溅的声响。一个男人吓得转身就跑，连肩上扛着行李箱都忘了，箱子边角撞得我一个趔趄。一个女人伸手猛然把我推开，从我身边冲了出去。我也随着人群转身就逃，但我还不至于被吓得失去理智。我的脑海中浮现出可怕的热射线。到水里去！只能这样！

“到水里去！”我大声喊道，但无人理睬。

我再次转回身，迎向越来越近的火星人，顺着碎石滩冲了下去，跳进了水里。我身旁的人纷纷效仿。我冲过去的时候，一艘船正在返航，船上的人也纷纷跳进水中。石滩泥泞不堪，又湿又滑，河水很浅，我跑出去 20 英尺了，水深都还没有没过腰。当时，火星人巨塔般的身躯就在我头顶几百码开外的地方，于是我向前一跃，潜入水下。船上的人们也跃入河中，溅起的水花在我耳边响起，犹如惊雷。河岸两边，还有很多人在匆忙登岸。

然而，这些蝼蚁的慌乱根本没有引起火星机器人的注意，谁会在意脚下踢到的蚁穴和里面慌作一团的蚂蚁呢？我在水中憋气太久，只能把头探出水面，发现那个戴头罩的火星人面朝着河对岸仍在开火的那排大炮。它一边前进，一边挥舞着什么，那一定是热射线的发射器。

不一会儿，它来到了河岸边，一步跨出就蹚到了河中心。只见它前腿探向那边的河岸，微一弯曲，下一刻它就再次站直，来到了谢珀顿附近。就在这时，藏在右岸村庄外围的六门大炮同时开火了，因为大炮藏得很好，右岸的人都不知道这些大炮的存在。突如其来的震荡，就发生在我身旁，一炮接着一炮，吓得我心惊肉跳。当第一发炮弹在火星人头套上方6码的地方爆炸时，那个怪物已经举起了热射线发射器。

我发出一声惊叫。我没看到其他四个火星怪物，也压根没想到它们，我的注意力都被这近在咫尺的事件所吸引。与此同时，另外两枚炮弹在火星人身体附近炸开，它转身躲避，却来不及躲避向它射来的第四枚炮弹。

炮弹在“怪物”的脸上炸开。头罩当即膨胀变形，火光一闪，旋即化为十几块红色血肉和闪亮金属的破烂碎片。

“打中了！”我喊道，像是在尖叫，又像是在欢呼。

我听到周围水里的人也在呼喊。那一瞬间的兴奋让我恨不得跳出水面。

被斩首的庞然大物像喝醉酒的巨人一样翻滚着，但它并没有倒下。它奇迹般地恢复了平衡，不再理会脚下，紧紧握住那台照相机一般的热射线发射器，迅速向谢珀顿冲去。那个智慧生物，活在头罩里的火星人，已经被杀死了，血肉飞溅四方，现在的“怪物”只是一个旋转着走向毁灭的复杂金属装置。它笔直向前，已然失控。只见它像是一个攻城锤，撞上了谢珀顿教堂的塔楼，把它砸了下来，转向后又继续踉跄着向前冲去，随即轰然坠入河中，消失在视野中。

剧烈的爆炸连空气都震颤了，喷出的水、蒸汽、泥浆和破碎的金属直冲云霄。热射线的发射器撞击水面，河水立即汽化。不一会儿，一个巨大的浪头从上游拐弯处席卷而来，像是浑浊的潮水，却是滚烫的。我看见人们奋力游往岸边，火星人倒下的轰鸣声，河水的沸腾声，都没能盖住他们的尖叫和呼喊。

那个瞬间，我居然丝毫不觉河水炎热，连此时应有的自我保护也抛诸脑后。我推开一个身穿黑衣的男人，涉水而过，直到望见了河湾处。由于乘客都已弃船而逃，六七艘船只被湍急的河水抛来抛去，刚才那个倒下的火星机器人横躺在河里，身体大部分淹没在水下，正顺流而下向我飘来。

一股股蒸汽正从火星人的残躯里喷涌而出，我只能隐约看到它那些巨大的肢体在河水中挣扎，搅动得泥浆和水沫四处飞溅。它的触手仿佛人的手臂一样挥舞着，拍打着，就好像受伤的野兽正在波涛中挣扎求生，然而这一切都是徒劳。大量红褐色的液体从它那机械身躯中喷涌而出，发出阵阵轰鸣声。

突然传来一声凄厉的喊叫，叫声如同汽笛声一样刺耳，使我不再关注火星人的垂死挣扎。有个人站在齐膝深的水中，冲我边喊边比画着什么，可我听不清他在喊什么。我回头一看，只见又有火星人正从切特西方向沿着河岸阔步赶来。这一回，谢珀顿的炮火没有起到任何作用。

见状，我赶紧潜入水底，屏住呼吸，在水下摸索着拼命前进，直到憋不住气。我周围的河水不断翻滚，温度迅速升高。

我把头探出水面换气，甩开眼睛上的头发和水。水汽蒸腾、白雾缭绕，起初把火星人完全遮住了。周遭的声响震耳欲聋。然后，我看到了他们那模糊的身影，巨大的灰色身躯在雾气中显得愈发硕大无朋。他们从我身旁经过，其中两个俯身查看同伴的残骸，那一堆泡沫翻涌的残躯断臂。

另外两个火星人站在水中，一个离我大概有 200 码远，另一个则面朝莱勒姆高高挥舞着热射线的发射器，嘶嘶作响的热能光束向四面八方扫去。

空气中各种声音不绝于耳，震耳欲聋，火星人行动时发出的铿锵有力的机械声，房屋倒塌时的撞击声，树木、栅栏、棚屋起火时的砰哧声，以及火焰燃烧时的噼里啪啦声，一时间场面混乱不堪。浓浓的黑烟蹿起，与河面上蒸腾的水汽混合在一起。热射线在韦布里奇来回扫荡，所过之处立即闪现出炽热的白光，随即又变成烟雾弥漫的火焰舞，令人毛骨悚然。附近的房屋仍完好无损地矗立着，像在等待命运的审判，在一片高温导致的蒸汽笼罩下，显得苍白模糊，屋后的火光来去倏忽。

也许有那么一瞬间，眼前的处境使我呆若木鸡，我站在那里，浸泡在及胸的沸水中，深感逃生无望。空气中充斥着难闻的气味，眼前的人们争先恐后地从芦苇丛中钻出水面，像极了小青蛙为了逃避人类的攻击而在草丛中乱窜，还有人在纤道上绝望地奔窜。

突然，热射线白光一闪，向我蹿来。一经触碰，房屋轰然倒塌，喷出火焰，树木也呼的一声变成火焰。热射线在纤道上闪来闪去，将东逃西窜的人群吞噬殆尽。它旋即射向水边，距离我所立之处不足

50码，之后险险掠过河面，射向谢珀顿。在热射线的射程之内，河水沸腾，蒸汽氤氲。我转身向岸边逃去。

下一刻，一股近乎沸腾的巨浪向我打来。我大声惨叫，被滚烫的河水烫伤了，眼睛都睁不开，痛苦不堪。我在嘶嘶作响的湍流中踉踉跄跄地奋力向岸边走去。如果我被绊倒了，那就全完了。我完全暴露在火星人的视线中，无助地倒在了一片光秃秃又宽阔的碎石滩上，这里是瓦伊河和泰晤士河交汇形成的一片沙砾地带，我顿觉自己必死无疑。

在我模糊的记忆里，有一个火星人的脚在离我头顶不到20码的地方踩了下来，直直地踩进松软的砾石里，激起砂石阵阵，然后再次抬起。时间过得漫长而煎熬，只见四个火星人抬着同伴的残骸，在层层烟雾中身影时而清晰、时而模糊，它们穿过宽阔的河流和广袤的草地，在我的视线里逐渐远去。这时我才回过神来，我竟奇迹般地死里逃生了。

十三　遇见牧师

火星人在突然领教了地球武器的威力之后，退回到了霍塞尔公地，那里是它们最初的阵地。匆忙之中，再加上抬着同伴的残骸，它们无疑忽略了许多像我这样微不足道的落单的人。倘若它们丢下同伴，继续向前进攻，当时能阻挡它们去往伦敦的唯一防线，就只有装载十二磅重炮的大炮阵营了。它们肯定会在消息传到伦敦之前抵达那里，这令人猝不及防的到来势必会像一个世纪前摧毁里斯本的地震那样可怕，造成惨重伤亡。

然而，它们并不着急。一个个的圆筒正在跨越星河，每隔二十四小时就会给它们带来增援。与此同时，陆军和海军当局也充分认识到了对手的强大，正在加紧备战，每分钟都有一门新炮就位。日落之前，在金斯顿和里士满附近的山坡上，每一片灌木丛、每一排郊区别墅，都埋伏着黑洞洞的炮口。在霍塞尔公地的火星人营地周围，穿过那片焦黑荒凉的20平方英里左右的土地，穿过绿树丛中烧焦的村庄废墟，穿过一天前还是松树林但现在正冒着黑烟的通道，忠诚的侦察兵们正在爬行。他们携带着日光仪，一旦火星人发起进攻，他们会马上向炮兵发出警报。但是，火星人现在已掌握我们炮兵部队的战术，也深知允许人类靠近的危险性，所以除非付出生命的代价，否则没有人敢靠近任何一个圆筒1英里之内。

看来，这些巨人在下午早些时候一直在来回奔波，把第二和第三个圆筒里的一切都搬到了霍塞尔公地那个它们最初降临的沙坑里，因为第二个圆筒在阿德尔斯通高尔夫球场，第三个圆筒在皮尔福德。沙坑对面，烧焦的石楠林和废墟建筑一望无垠，一个火星人站在那里放哨，其余火星人则卸下了它们庞大的战斗机器，下到了沙坑里。它们在坑里辛勤工作到深夜，从梅罗附近的山上可以看到那里升起的浓绿烟柱直插云霄，据说甚至从班斯特德和埃普索姆丘陵地带都能看到。

在我的身后，火星人忙着准备下一轮进攻，而我的前方，人类正在集结，严阵以待，我则忍着剧痛，费尽艰辛，离开了浓烟滚滚的韦布里奇，向伦敦进发。

我看到有一只被人舍弃的小船，正远远地顺流而下，于是我脱掉身上大部分的衣服——它们几乎都湿透了，向小船追去。我追上了它，就这样逃离了这场毁灭。船上没有桨，但我还是努力地划着，用我那双被水煮得半熟的手，顺着河向哈利福德和沃尔顿的方向划去。

可以想见，过程非常乏味，我不断回头张望。我之所以沿着河走是因为我知道如果这些巨人追上来，躲到水里是我最好的逃生方式。

和我一起顺流而下的还有滚烫的热流和随之而来的氤氲水汽，那是火星人倒下造成的，所以在将近1英里的行程中，我几乎看不到两岸的情况。不过，有一次，我看到一连串的黑色身影从韦布里奇方向匆匆穿过草地。哈利福德似乎成了一座空城，河边的几座房子着了火。在炙热的蓝天下，整个地方相当宁静，荒无人烟，浓烟和点点火光令午后的热浪愈发炙热，这真是一幅奇怪的景象。我以前从未见过房屋熊熊燃烧而无人灭火的景象。远处的河岸边，干枯的芦苇被烧红一片，冒着烟，一条火线正向一片刚收割的干草地稳步蔓延。

我任凭小船在水中漂流了好一会儿，历经这番惊心动魄之后，我是如此痛苦和疲惫，而水面上的热浪又是如此难以忍受。后来，恐惧再次战胜了我，我重新划船向前。太阳炙烤着我赤裸的后背。绕过河湾，我终于看到了沃尔顿桥，但发烧和眩晕向我袭来，我顾不上害怕，在米德尔塞克斯县上了岸，躺倒在高高的草丛中，难受得要命。我想当时可能是四五点钟。不久我爬起来，走了大约半英里，没有遇到一个人，后来又再次躺倒在了一道篱墙的阴影下。我依稀记得，在最后猛冲的那一段路程，我开始胡言乱语。我口渴难耐，非常后悔自己之前没有多喝几口水。说来奇怪，我竟然开始生妻子的气。我无法解释为什么会这样，也许是去往莱瑟黑德已成奢望，这让我耿耿于怀。

我记不清牧师是什么时候到来的，我当时应该昏睡了过去。当我恢复意识时，我觉察到身旁坐着一个人，穿着一件袖口沾满污渍的衬衫，他脸上刮得干干净净，正仰头盯着天空中闪烁的微光。这是卷积云，人们又称之为“鱼鳞云”，一排排淡淡的云层，刚刚被仲夏的日落染上了色彩。

我坐了起来，他听到响动，迅速看了我一眼。

“你有水吗？”我突然问道。

他摇了摇头。

“在过去的一个小时，你一直在要水。”他说。

我们沉默了一会儿，互相打量着对方。我敢说，他一定觉得我是个怪人，因为除了被水浸湿的裤子和袜子，我一丝不挂，浑身烫伤，脸和肩膀都被烟熏黑了。他的脸白皙柔弱，下巴后缩，额头低窄，上面散落着清爽的、近乎亚麻色的卷发；他的眼睛相当大，呈淡蓝色，目光茫然。他突然开口说话，目光空洞地从我身上移开。

“这意味着什么？”他说，“这些东西意味着什么？”

我盯着他，没有回答。

他伸出一只细白的手，用近乎抱怨的语气说道。

“为什么允许这样的事情发生？我们犯了什么罪？上午的祷告结束后，我正在路上散步，为下午的活动理清思路，忽然——火灾、地震、死亡！就像索多玛和蛾摩拉[①]一样！我们所有的工作都泡汤了，所有的工作——这些火星人是什么？”

“我们又是什么？”我清了清嗓子，如是问道。

他紧紧抱住膝盖，转过身来再次看着我。也许有半分钟，他默默地注视着我。

他说：“我在路上走着，想理清一下思路。突然——火灾、地震、死亡！”

他又陷入了沉默，下巴快要碰到膝盖。

①索多玛和蛾摩拉：圣经里的两座荒淫罪恶之城。

紧接着，他开始挥手比画。

“所有的工作，所有的主日学校，我们做了什么？韦布里奇做了什么？一切都没了，一切都毁了。教堂！我们三年前才重建的。没有了！都毁掉了！为什么？”

再一次沉默，他又像个疯子一样喊了起来。

他喊道：“毁灭的烈火将永不熄灭！”

他眼中闪着怒火，用瘦削的手指着韦布里奇的方向。

直到此时，我才开始明了。他经历的惨烈灾难已经把他逼到了理智的边缘，很明显他是从韦布里奇逃出来的。

“这里离森伯里还远吗？”我坦然自若地问道。

“我们该怎么办？”他反问，“这些生物是不是无处不在？地球已经被它们占领了吗？”

“我们离森伯里远吗？”

“就在今天早上，我还主持了晨祷……”

“情况有所改变，”我平静地说，“你必须保持冷静。我们还有希望。”

“希望！”

“是的，虽然这一切都被摧毁了，但依然充满希望！”

我将我对当前处境的看法对他娓娓道来。他起初听得很认真，但听着听着，他的目光又开始变得茫然，视线也从我身上移开了。

“这一定是末日的开始，”他打断我的话，“末日！伟大而可怕的末日！末日来临，世人应哀求山岩倾覆，求磐石掩埋，以躲避宝座之上主的威容！”

我终于明白了这无济于事。我停止了费力的解释，挣扎着站起身，站到他身旁，把手搭在他的肩膀上。

“振作起来！”我说，“别被吓傻了！如果灾难一来宗教信仰就垮掉了，那宗教还有什么用呢？想想以前的地震、洪水、火山和战争都给人们带来了多少灾难！你以为上帝能使韦布里奇置身事外吗？他可不是卖保险的。”

他坐在那里默不作声了好一会儿。

“但我们怎么才能逃脱？”他突然问道，“它们刀枪不入，而且冷酷无情。”

“它们不是刀枪不入，也没有冷酷无情，”我回答道，“它们越强大，我们就越应该保持清醒和警惕。他们中的一个三小时前在那边被杀死了。”

“被杀死了！”他瞪大了眼睛，“上帝的使者怎么会被杀死呢？”

“我亲眼所见。”我接着告诉他，“我们碰巧目睹了这一切，仅此而已。”

“天上闪光的是什么东西？”他突然问道。

我告诉他，那是日光仪发出的信号，那是天空之上人类努力自救的象征。

我说：“我们已是身处大战之中，尽管一切看似平静。那闪烁的信号预示着暴风雨即将来临。你看，那边是火星人，而在伦敦方向，里士满和金斯顿附近山峦高耸入云，树木遮天蔽日，人们正在修筑防御工事，架设火炮。火星人很快就会向这边来了。”

正说着，他突然站了起来，用手势制止了我。

“听！”他说。

隔水相望的低矮山丘上传来了远处此起彼伏的沉闷炮声，以及遥远而诡异的哭号声。然后，一切都静止了。一只金龟子越过篱笆，从我们身边掠过。韦布里奇和谢珀顿的烟雾之上，一弯清冷惨淡的新月挂在西边的天际，仿佛在与炽热壮丽的夕阳对峙着。

“我们最好沿着这条路走，”我说，“向北走。”

十四　伦敦城内

火星人降临沃金时，我弟弟正在伦敦。他是一名医科学生，正在为即将到来的考试做准备，直到星期六早上才听说火星人降临的消息。星期六的早报除了刊登长篇累牍介绍关于火星及火星生命的特刊，还刊登了一封措辞含糊的简短电报，因其简短反而格外引人注目。

报道称，一群人的逼近把火星人吓坏了，于是它们用一把高速喷火枪打死了好些人。电报结尾写道：“尽管火星人看起来很强大，但它们至今没能从坠落的深坑中爬出来，事实是，它们似乎爬不出来，也许是由于地球引力相对较大造成的。”报社主笔就最后一段文字展开了论述，以图宽慰人心。

那天我弟弟去上了生物补习班，班上所有学生都对这个问题产生了浓厚的兴趣，但街上却没有任何异常兴奋的迹象。下午的报纸在大字标题下刊登了一些零星的新闻。直到晚上八点，报纸上除了报道军队在公地的动向，以及沃金和韦布里奇之间的松树林被烧毁的消息，再无其他内容。然后是《圣詹姆士公报》在特刊中公布了电报通信中断的事实。据推测，是由于燃烧的松树倒在了电缆上。关于那一晚的战斗，就是我驱车前往莱瑟黑德并返回的那一晚，报纸对此毫无报道。

弟弟并不担心我们，因为他从报纸上得知，圆筒离我家足有 2 英里之遥。但他还是决定连夜跑来找我，如他所说，是为了在火星人被杀之前去看看那些东西。下午四点左右，他曾发过一封电报，但我一直没有收到，晚上他去听了一场音乐会。

周六晚上，伦敦亦是雷雨交加，我弟弟乘坐出租车去的滑铁卢车站。他在午夜列车通常发车的站台上等了一会儿才得知，由于出了事故，当晚的火车无法到达沃金。究竟是什么事故，他不得而知。事实上，铁路当局当时也不清楚。车站内没有明显的骚动迹象，因为铁路官员们没有意识到，除了拜弗利特和沃金交界处之间发生的故障，还有其他什么事发生。他们让通常途经沃金的剧院专列[1]改道弗吉尼亚沃特或吉尔福德。他们还忙着为南安普敦和朴次茅斯周日联盟短途旅行团重新安排线路。一位晚报记者把我弟弟误认为是交通主管，还试图采访他。除了少数几位铁路官员，几乎没有人把这次故障的发生与火星人联系起来。

关于发生的这一切，我曾在另一篇报道中看到这样的描述：周日上午，整个伦敦城都被来自沃金的消息所震撼。事实上，这种夸张的表述毫无根据。很多伦敦人直到周一早上恐慌蔓延之际才听说火星人的消息。那些听到消息的人花了一些时间才意识到周日报纸上措辞含糊的电报所传达的一切。毕竟伦敦的大多数人周日都不看报纸。

此外，个人安危才是伦敦人所关心的，这在他们脑海中根深蒂固，更何况报纸上充斥着耸人听闻的各类消息，所以他们在阅读时不会有任何个人情绪。《星期日太阳报》是这么说的：“昨晚七时左右，火星人从圆筒中出来，在金属盾牌的掩护下四处活动，彻底摧毁了沃金车站和附近的房屋，并屠杀了卡迪根军团的一个营。具体伤亡情况不详。马克西姆炮对它们的装甲毫无作用，野战炮也被它们摧毁。飞行骠骑兵正向切特西驰援。火星人似乎正在缓慢地向切特西或温莎移

[1] 剧院专列：在夜间特定时间发车的火车，主要是为那些来到伦敦观看最新现场表演的人开设的。

动。西萨里地区人心惶惶，人们正在修筑防御工事，以阻止火星人向伦敦推进。”《裁判报》则刊登了一篇颇为应景的类似“应急手册”的文章，把这件事比作突然在村子里放进来一群野兽。

在伦敦，没有人确切地知道身披铠甲的火星人意味着什么，人们仍然固执地认为这些怪物必定行动迟缓，因为类似“爬行”“痛苦地匍匐前进”这一类说法是几乎所有早期报道的统一说辞。没有一封电报是目睹它们的受害人写的，因为见过的人都已经被杀死了。各家周日报纸都刊出了号外，只要他们有新消息，甚或是没有消息，没有一家例外。但实际上，直到下午晚些时候，当局向新闻机构提供了他们掌握的消息之后，各家报纸才有真正意义上的新消息报道给民众。据称，当时沃尔顿和韦布里奇以及整个地区的民众纷纷涌出，沿着公路向伦敦进发，仅此而已。

我弟弟早上去了育婴堂医院的教堂，对前一晚发生的事情还一无所知。在那里，他听到了人们关于火星人入侵的谈论，并参加了一场特别的和平祈祷仪式。出来后，他买了一份《参考报》，这才得知确切消息。他得知后大吃一惊，并再次去滑铁卢车站打听通信是否恢复。街上满是公共汽车、马车和骑自行车的人，还有无数衣着光鲜的行人，小贩们叫卖的惊天新闻似乎与他们无关。只有那些与事发地沾亲带故的人才会关注，或者说，即使惊慌失措，也只是因为是当地居民的缘故。到了车站，他首次听说了温莎和切特西线列车停运的消息。列车员告诉他，今早从拜弗利特和切特西站发来几封重要电报，但发送途中突然停止了。我弟弟从这些电报中几乎得不到任何准确的细节。

电报中只提到“韦布里奇发生了战斗”。

火车运营现在非常混乱。车站里聚集着许多人，等候着从西部和南部乘坐火车前来此地的朋友。一位白发苍苍的老先生走过来，对我弟弟痛斥着西南铁路公司。他嚷着："我要曝光他们。"

有几列火车从里士满、普特尼和金斯顿驶来，车上是原本计划外出划船一天的游客，当他们得知水闸已经关闭，空气中霎时弥漫起恐慌的气氛。一个穿着蓝白相间夹克衫的男人与我弟弟攀谈起来，透露了不少惊人的消息。

他说："金斯顿涌入了很多人，他们乘坐着轻便马车、货车，带着一箱箱贵重物品。"他说："这些人从莫莱西、韦布里奇和沃尔顿逃过来，他们说在切特西听到了炮声，炮声很猛，骑兵让他们马上离开，因为火星人来了。我们在汉普顿宫车站也听到了炮声，但我们以为是打雷呢。这见鬼的一切到底是怎么回事？火星人是爬不出它们的沙坑的，对吧？"

我弟弟无法回答。

后来他发现，这种莫名的恐慌已经蔓延到了地铁乘客身上，那些星期天的短途旅行者们开始提前返回，这很不正常。他们把道听途说来的消息带回了西南核心地带的各个地方，包括巴恩斯、温布尔登、里士满公园、邱园等。每一位在终点站下车的乘客似乎都有些气急败坏。

五点钟左右，一直处于关闭状态的东南车站和西南车站之间的交通线重新恢复通车，装载着巨型火炮的货车和满载士兵的客车从这条线上通过，车站里聚集的人群兴奋异常。这些火炮是从伍尔维奇和查塔姆调去保卫金斯顿的。有人甚至和车上的士兵开起了玩笑，"你们会被吃掉的！""我们是驯兽师！"，诸如此类的话。过了一会儿，一队警察走进车站，开始疏散站台上的人群，我弟弟又回到了街上。

教堂的钟声敲响了晚祷，一队救世军的姑娘们唱着歌从滑铁卢路走来。几个流浪汉正在大桥上观察一种奇特的褐色浮渣，这种浮渣成片地从溪流中漂流而下。夕阳西下，钟楼和国会大厦屹立在宁静的天空下，这是你所能想象的最美的天空，被夕阳映照成金色的天空上布满了大片红色和紫色的云彩。人们在谈论一具浮尸。那里的一个人，自称是预备役军人，告诉我弟弟他看到了西边闪烁的日光仪的信号。

在惠灵顿街，我弟弟遇到了几个身材魁梧的壮汉，他们从舰队街冲出来，手里还拿着新鲜出炉的报纸，报纸标题颇为夺人眼球。“可怕的灾难！”他们沿着惠灵顿街一路高声叫嚷，“韦布里奇激战！”“深度报道！”“击退火星人！”“伦敦危在旦夕！”于是，我弟弟花三便士买了他们手中的一份报纸。

就在那时，他才意识到这些怪物的威力和恐怖之处。他了解到，这些怪物绝非几只行动迟缓的弱小动物，而是能支配庞大机械躯体的智慧生命；它们移动迅速，攻击威力巨大，即使是最强大的火炮也无法与之抗衡。

它们被描述为“形似蜘蛛的巨型机器，将近100英尺，速度堪比一列快车，并能发射强烈热能”。隐蔽的排炮，主要是野战炮，已经部署在霍塞尔公地附近的乡村，尤其是沃金地区和伦敦之间。有人看到其中五个机器人向泰晤士河移动，其中一个被侥幸击中并摧毁。其他炮弹全部落空，排炮立即被热射线摧毁。报道中虽然提到士兵损失惨重，但语气却很乐观。

火星人被击退了，它们并非刀枪不入。它们又退到了沃金周围，在那里它们的圆筒形成了一个三角地带。手持日光仪的信号兵从四面八方向他们逼近。火炮正从温莎、朴次茅斯、奥尔德肖特、伍尔维奇，甚至从北面迅速运来，其中还有从伍尔维奇运来的远程大炮，重达95吨。总共有116门大炮已经就位或正在匆忙布置，主要用于掩护伦敦。在英国，如此大规模或如此迅速的军事物资集结见所未见。

军方正在加紧研制和运送高强度炸药，一旦有新的圆筒掉落，人们希望能够当即将其摧毁。毫无疑问，报道对事件的描述极尽诡异之能事，让人感觉情况空前严峻，但同时又劝告公众不要恐慌。原因就是火星人确实极其可怕，怪诞至极，但它们在地球上的数量不会超过20个，而我们地球人却有数百万之多。

从圆筒的大小来看，当局有理由推测，每个圆筒内可容纳的火星人不会超过五个，即总共十五个。另外，我们已经处理掉了至少一个，也许更多。一旦危险来临，公众将得到适时的警报，政府也采取了周密的措施以保护处于火星人直接威胁下的西南郊区的居民。就这样，再次重申伦敦的安全和当局有能力应对困难后，这份准公告结束了。

这篇准公告用特大号字体排印，油墨都还未干，也没来得及附上任何评论。我弟弟说，看到报纸上其他的内容被无情删减，只余这一篇文章，实在有些匪夷所思。

在惠灵顿大街上，到处都能看到人们拿着粉红色的小报[①]在翻阅。以邮票买卖而闻名于世的河岸街忽然喧闹起来，原来又有更多的报贩子加入了这些先驱者，开始兜售火星人的新闻。人们争先恐后地从公共马车上下来抢购。无论民众之前有多冷漠，这则新闻都让他们兴奋不已。我弟弟说，他还看到河岸街一家地图店的百叶窗被拆了下来，一个身着周日盛装、戴着柠檬黄手套的男子正匆忙地把萨里郡的地图固定在玻璃上。

我弟弟手里拿着报纸，沿着河岸街一直走到特拉法加广场，沿

---

①粉红色的小报：英国某些报社曾采用粉色新闻纸，如《体育时报》《金融时报》，其中，《金融时报》一直沿用着粉色新闻纸。

途看到了好多西萨里郡的逃难者。有一个男人赶着一辆运送蔬菜的马车，车上坐着他的妻子和两个儿子，还有一些家具。他们来自威斯敏斯特桥方向。紧随其后的是一辆运送干草的马车，车上坐着五六个体面人，还有一些箱子和包袱。这些人面容憔悴，与公共汽车上身着安息日盛装的人们形成了鲜明对比。衣着时髦的路人在出租马车里窥视着他们。他们在广场上停了下来，似乎不知该往哪走，最后沿着河岸街向东拐去。在他们身后不远处，来了一个穿着工作服的男人，骑着一辆前轮很小的老式三轮车。他浑身脏兮兮的，脸色煞白。

我弟弟拐向维多利亚大街，遇到了许多这样的人。他隐约觉得可能会遇到我。他注意到维持交通秩序的警察比平日多了许多，一些逃难者正与公共马车上的乘客交换见闻。其中一个自称看到了火星人："告诉你们吧，火星人就像架在高跷上的锅炉，像人一样大步流星。"大多数逃难者都为自己的奇特经历感到兴奋和激动。

维多利亚街不远处的酒吧因为这些新来的人而生意兴隆。各个街角都有人群聚集，或在看报纸，或在兴奋地交谈，或在打量着这些不寻常的周日访客。随着夜幕降临，人群似乎越聚越多，最后，搞得马路上就像德比日的埃普森高街[①]一样热闹。我弟弟向这些逃亡者中的几个人打听，但大多数回答他都不满意。

这些人没有一个能告诉他关于沃金的确切消息，只有一人除外。那人言之凿凿地向他保证，沃金在前一天晚上已经被完全摧毁。

他说："我是从拜弗利特过来的。一大早就有人骑着自行车挨家挨户催促我们赶紧撤离。然后士兵也来了。我们出去一看，南边浓烟滚滚，除了烟雾什么也没有，那边过来的鬼影也不见一个。然后我们

① 高街（High street）：这个词起源于英国伦敦，并不是单一指代某一条街，而是指一个城市主要的商业街的意思（路边都是零售店铺的那种）。

听到了切特西有枪炮声，有人从韦布里奇逃到这里，所以我锁上家门就来了这里。”

当时，街头巷尾的民众都在指责当局，他们抱怨政府无能，没有及时解决入侵者，给民众造成了许多的不便。

八点钟左右，一阵激烈的枪炮声响彻伦敦南部。由于主干道上车水马龙，我弟弟起初并没有注意，但他穿过宁静的后街走到河边后，枪炮声一下变得清晰起来。

大约两点钟①，他从威斯敏斯特回到了他在摄政公园附近的公寓。到了此时，他对于我的处境已经深感担忧，而整件事情显而易见的严峻态势也让他惊惧。他也像我周六那天一样，倾向于思虑那些军事细节。他遥想着那些严阵以待的枪炮，遥想着那些突然无家可归的乡民；他试图想象出 100 英尺高的“高跷锅炉”。

牛津街有一两车难民经过，玛丽伯恩路上也有几车难民，但消息传播得很慢，摄政街和港口广场上到处都是星期天晚上散步的人群，一如往常，只不过他们都在三五成群地交谈着。摄政公园也有许多默默无语的情侣在煤气灯下散步。夜色温柔而静谧，却又有些压抑；枪炮声断断续续，午夜过后，南方似乎有片片闪电。

他把报纸看了又看，担心我已遭遇不测。他坐立不安，晚饭后又漫无目的地走出去。回来后，他试图把注意力转移到考试笔记上，但徒劳无功。他上床睡觉时午夜已过。周一凌晨，一阵敲门声使他从噩梦中惊醒，耳中传来街上的奔跑声、远处的鼓声和喧闹的钟声。赤红的光影在天花板上飞舞。他愕然地躺了一会儿，不知道是天亮了还是世界疯了。然后他跳下床，跑向窗户。

---

①结合上下文，此处时间疑似有误。

他的房间是个阁楼，当他把头伸出窗外时，沿街上下开窗的声音此起彼伏，一个个睡眼惺忪的脑袋探出窗外。人们相互大声询问。有警察在门外敲着门大喊：“它们来了！火星人来了！”然后又急忙跑去通知隔壁人家。

鼓号声从奥尔巴尼街的军营里传来，耳力所及，每一座教堂都响起了激越而杂乱的警钟，努力将人们从沉睡中唤醒。一阵阵开门声响起，黑暗中，对面房屋的窗户一扇接着一扇亮起了黄色的灯光。

街上驰来一辆四轮马车，马蹄声在拐角处骤然响起，经过窗下时尤为响亮，然后又慢慢消失在远处。紧随其后的是几辆出租马车，再然后是一长串的车队飞驰而过，大部分马车并没有顺坡而下开往尤斯顿，而是开往乔克农场车站，因为西北方向的专列正在那里等待着乘客。

我弟弟怔怔地望着窗外，看着警察们敲打着一扇又一扇门，传递着他们那令人难以理解的信息。这时，他身后的门开了，住在楼道对面的房客走了进来。他只穿了衬衫、裤子和拖鞋，裤子背带耷拉在腰上，头发被枕头压得蓬乱。

“出什么事了？”他问，“着火了吗？真的是吵死了！”

他俩把头扭向窗外，试图听清警察在喊什么。人们从小巷里走出来，三五成群地站在街角议论纷纷。

“这到底是怎么回事？”我弟弟的合租房客又问。

我弟弟含糊以对，然后开始穿衣服，每穿一件就跑到窗前看一眼，不愿错过窗外任何一个场景。不一会儿，街上报贩们开始高声叫卖报纸，这真正是异乎寻常的早：

“伦敦难逃厄运！金斯顿和里士满防线失守！泰晤士河谷发生恐怖大屠杀！”

我弟弟周围的一切，无论是楼下的房间，还是道路两旁和马路对面的房屋，抑或是后面公园街的排屋，乃至数以百计的其他街道，遍及玛丽波恩区、西本公园区和圣潘克拉斯区，西北方向的基尔伯恩、圣约翰伍德和汉普斯特德，东边的肖尔迪奇、海伯里、哈格斯顿和霍克斯顿等地，从伊灵到东汉姆，整个伦敦都能看到人们揉着眼睛打开窗户向外张望，茫然地问这问那。即将到来的恐惧风暴向街道吹出它的第一缕气息，人们这才匆忙穿上衣服。这是大恐慌来临的前兆。粗枝大叶的伦敦人周日晚上还在熟睡中，对危险毫无察觉，却在周一凌晨被如此强烈的危机感叫醒了。

眼看待在窗边无济于事，我弟弟便下楼来到街上。此时正值黎明时分，抬头望去，房屋护墙之间的天空正随着黎明的曙光一点点变红，越来越多的人加入步行或者乘车逃难的人群。“黑烟！”他听到一声喊，旁边又有人喊道：“黑烟！”恐惧一旦形成，传播便不可避免。就在我弟弟在门阶上犹豫不决时，一个卖报人路过，于是他立即买了一份报纸。报贩拿着其他报纸跑开了，边跑边以每份一先令的价格售卖着报纸。这真是荒诞不经的一幕，一边牟利，一边恐慌。

我弟弟从这份报纸上读到了军方总司令发布的电文，堪称灾难：

“火星人能够用火箭发射大量带有毒气的黑色蒸汽。我方炮兵部队已被击败，里士满、金斯顿和温布尔登已被摧毁。火星人正缓慢地向伦敦推进，沿途摧毁了一切，军方已无力阻止。面对“黑烟”[①]的袭击，只有立刻逃离。”

以上就是电报的全部内容，但这已经足够了。这座六百万人口的大都市陷入了恐慌之中，所有居民手忙脚乱地争相逃跑，很快，人们

---

①指黑色蒸汽。

向北面大规模涌去。

“黑烟！”人们喊道，“着火了！”

邻近教堂传来刺耳的钟声，一驾马车慌不择路，撞上了街边的水槽，引起一阵尖叫声和咒骂声。昏黄的吊灯在房内摇摇晃晃，过路的出租马车也亮着灯。头顶之上曙光渐亮，天空澄净而宁静。

他听到身后房间里人们匆匆的脚步声，还有上下楼梯的跑动声。他的房东太太裹着睡袍，搭着披肩出现在门口，她的丈夫也跟着走了出来，口中呼喊不断。

我弟弟终于意识到事态紧急，他匆忙转身回到自己的房间，把所有现金放进口袋，总共大约十英镑，然后再次来到街上。

十五　萨里郡风云

这边在哈利福德附近平坦的草地上，牧师和我坐在篱墙下胡言乱语，那边在威斯敏斯特桥上，我弟弟看着逃亡者大军涌入。同一时间，火星人再度发起了进攻。有关那晚的战况是众说纷纭，但可以肯定的是，绝大多数火星人一直在霍塞尔坑里忙着备战，直到当晚九点才离开，其间，火星人的各种操作释放出了大量的绿色烟雾。

但在八点左右，确定是有三个火星人离开了沙坑。它们小心翼翼地缓慢前进，穿过拜弗利特和皮尔福德，向里普利和韦布里奇进发，在夕阳的映照下出现在严阵以待的炮兵阵地附近。这些火星人不是整队前进的，而是呈纵队前进的，彼此之间保持 1 英里半的距离。他们相互交流时犹如海妖号叫，音调忽高忽低。

这就是我们在哈利福德上城听到的号叫声，我们同时还听到从里普利和圣乔治山传来的炮声。里普利的炮兵都是些毫无经验的义务兵，本不该被安排在这样的位置上，他们疯狂地发射炮弹，全然不顾时机未到，结果自然无效。之后，炮兵或骑马或步行穿过荒芜的村庄。火星人没有使用热射线，而是沉着地迎上前，小心翼翼地穿行于火炮之间，然后出其不意地来到了潘希尔公园的火炮旁，并摧毁了这些火炮。

相对而言，圣乔治山上的士兵更为训练有素，更具胆识。他们隐藏在一片松树林中，连距离最近的火星人似乎都没能发现。他们谨慎地瞄准目标，仿佛正在接受检阅一样，在距离火星人大约一千码的射程内才开了火。

只见炮弹在一个火星人周身炸开，它踉踉跄跄地前进了几步就倒下了。众人齐声欢呼，疯狂地重新装填炮弹。被打倒的火星人发出长长的嘶吼声，紧接着，传来了一声回应，那是第二个闪闪发光的巨怪，出现在南面的树林中。看样子这个三脚怪物的一条腿被炮弹击中了。第二轮炮弹全部飞向倒地的火星人，与此同时，它的两个同伴也用热射线攻击炮台。火炮被炸毁了，周围的松树燃起熊熊大火，只有一两个提前跑到山顶的炮兵逃过一劫。

在这之后，三个火星人似乎商量好了一起停了下来，监视他们的侦察兵报告说，在接下来的半个小时里，它们一直一动不动。那个倒地的火星人费力地从头罩里钻了出来，这是一个棕色的小个子，从远处看就像是患了枯萎病的植株身上的斑点，它显然是在修理它的支撑脚。大约九点钟，它完成了工作，因为这时人们又看到它的头罩出现在树林上方。

当晚九点刚过几分钟，另外四个火星人与这三个打头阵的同伴会合，它们每人都带着一根黑色的粗管子，还为三个同伴每人拿了一根。然后七个火星人排成一道弧线，沿着圣乔治山、韦布里奇、森德和里普利西南等地等距离分布着。

它们刚开始行动，就有十几枚信号弹从前面的山上腾空而起，向迪顿和埃舍尔附近待命的炮台发出警讯。这时，四个同样装备着黑色管子的火星人渡过了河，其中两个出现在我和牧师的视线中，它们在西部天空的映衬下显得黑漆漆的。当时我俩正沿着哈利福德向北的道路赶路，身心俱疲、痛苦不堪。一层薄薄的白纱笼罩着田野，却只到它们高度的三分之一，所以它们看起来像是行走在云端。

这一幕吓得牧师的喉咙里发出一声微不可闻的惊叫，随即撒腿就跑。但我知道在火星人面前逃跑是没有用的，于是我转身穿过沾满露水的荨麻地和荆棘丛，躲进路边一道宽阔的沟渠里。牧师回头看见我的举动，赶紧跟了上来。

两个火星人停下脚步，离我们较近的这个面朝森伯里站着，较远的那个则朝着斯泰恩斯，在黯淡的星光下只能看见一片模糊的灰影。

火星人时断时续的号叫已经停止，它们在各自的圆筒周围各就各位，鸦雀无声。三个圆筒之间形成了一个巨大的新月形状，那是一个两角之间相距 12 英里的新月。自火药问世以来，从来没有哪场战斗的开端如此寂静。无论是对我们来说，还是对里普利附近的观察者来说，感受都是一样的。火星人立于天地之间，似乎是黑夜的主宰，除此之外，四周只见月光星辰、白昼余晖，以及圣乔治山和潘希尔树林泛着的红光。

在那片新月区域对面，在斯泰恩斯、豪恩斯洛、迪顿、埃舍尔、奥卡姆，无论是在河流南面的山丘和树林后，还是在河流北面的平坦草地上，只要有树木或村舍能提供掩护的地方，都有火炮在等待着。信号弹在夜幕中迸发，火光乍现之后消失。所有人都在紧张地等待着，一旦火星人进入射程范围，那些纹丝不动的人影，那些在傍晚昏暗的光线下黝黑的火炮，立刻就会爆发出雷鸣般的战斗怒火。

毫无疑问，无论是在千万个严阵以待的炮兵们的脑海中，抑或是在我的心中，始终有个疑问挥之不去：火星人对我们的了解有多少？它们是否知道，我们是训练有素、井然有序、众志成城的百万之师？还是说，在它们眼中，我们的炮火进攻、炮弹突袭、我们对它们营地的持续攻击，是否就像我们看待遭到惊扰而奋起围攻的蜂群那样？它们会妄图将我们全部歼灭吗？（当时，没有人知道它们需要什么食物，会不会以人类为食？）看着火星人那庞大的身影，上百个这样的问题在我心间萦绕。而在我的脑海中，还有一种感觉，伦敦方向止隐藏着一股未知的强大力量。他们准备好陷阱了吗？豪恩斯洛的军火工厂是否已经布下天罗地网？伦敦人是否有胸怀和勇气，将他们繁华的首府变成一座比当年莫斯科更大的空城[①]？

我们蹲在篱笆下窥视，似乎过了很久，远处传来一声轰鸣。接着近处也响起了炮声，接着又是一声。这时，我们身边的火星人高举手中的黑管，如同开枪似的发射了一发炮弹。那沉重的炮声“轰轰”作响，震得地动山摇。斯泰恩斯那边的火星人也以炮声回应。没有闪光，没有烟雾，只有那一声声炮弹上膛后的爆炸声。

重型大炮的隆隆声接踵而至，每分钟都有炮弹炸响。这让我兴奋不已，忘记了自身安危，不顾被烫伤的双手，爬上树篱，盯着森伯里的方向。此时，第二发炮弹接踵而至，从我头顶飞向豪恩斯洛。我本以为至少能看到烟雾或火光，或是证明炮弹发射的其他迹象，但我看到的只是头顶深蓝色的天空，天空中一颗星星孤单寂寥，茫茫白雾在地面蔓延。没有撞击声，也没有爆炸声，一切又重归寂静，而炮声的

---

① 莫斯科空城：1812 年，为抗击法军，俄国人采取坚壁清野政策，一把火将整个莫斯科烧成了空城。

间隔时间也延长到了三分钟。

“发生了什么事?”牧师问道，站了起来。

“天知道!”我说。

一只蝙蝠一闪而过，又消失了。远处传来一阵喧闹声，此起彼伏。我又看了看火星人，只见它正沿着河岸向东移动，动作迅速，滚滚向前。

我每时每刻都在期待着某个隐蔽炮台的炮火向它袭去，但傍晚的宁静并没有被打破。火星人的身影越来越小，很快，薄雾和愈加深沉的夜色就把它吞没了。在一股莫名的冲动下，我俩爬得更高了。往森伯里方向看去，一片漆黑，好像那里突然出现了一座圆锥形的小山，遮住了远方的乡村；接着，在河对岸更远处的沃尔顿上空，我们又看到了一座这样的山丘。就在我们凝神注视之际，这些小山一样的东西变得越来越低、越来越宽。

我突发奇想，向北望去，发现烟雾缭绕中，第三座漆黑的孤丘已然矗立。

突然之间鸦默雀静。在遥远的东南方向，传来火星人相互的呼叫声，然后是他们遥遥的炮声，空气为之震颤。然而，地球上的大炮却没有回应。

当时我们不明白发生了什么，但之后我知道了暮色下这些山丘形状的物体是什么，以及它代表的不祥之意。火星人分立在我前面描述的巨大的新月形中，用随身携带的枪管向周围发射巨大的霰弹，包括山丘、灌木丛、房屋等任何可能隐藏大炮的地方。有的只发射了一枚，有的发射了两枚——我们见到的那个火星人便是如此，听说里普利的那个火星人当时发射了不下五枚。这些炮弹落在地上就粉碎了，没有爆炸，而是不间断地释放出大量浓稠的墨黑蒸汽，气体翻滚着向上涌去，形成巨大的乌黑积云。这座气态的小山慢慢下沉，向周围的地区蔓延。一旦接触到这种气体，或是吸入少许刺鼻的气体，结局都是死亡。

“黑烟”一开始扩散时剧烈上涌，沉降之后就紧紧地附着在地面上。因此在沉降前后，凡是待在离地 50 英尺的高处，无论是屋舍的屋顶上还是高层住宅的上层，或是待在大树上，都有可能完全逃脱它的毒害，这一点在那天晚上的科巴姆街和迪顿都得以证实。

那晚有位在科巴姆街逃过一劫的人讲述了他的奇妙见闻，据他说当晚的毒烟犹如毒液一般盘旋流动，景象怪异至极。当时他从教堂的尖顶往下看，看到村里的房屋像幽灵一样从墨色的虚无中升起。他在塔顶待了一天半，疲惫不堪、饥肠辘辘，还得忍受烈日灼烤。苍茫大地在蓝天和远山的映衬下宛若广袤无垠的黑色丝绒，点缀其间的是红色的屋顶、绿色的树木，以及蒙着黑纱的灌木、大门、谷仓、外屋和围墙，在阳光下时隐时现。

不过这只是科巴姆街特有的景象，火星人任由黑色蒸汽滞留，直到自动沉下地面。因为按照惯例，黑色蒸汽发挥作用之后，火星人会进入蒸汽中喷上一股水汽，以清除空气中的黑色蒸汽。

星光下，我们透过哈利福德上城一座荒废房子的窗户看到它们就是如此清除河岸附近的黑色蒸汽的。我们还从那里望见了里士满山上和金斯顿山上来回搜寻的探照灯的灯光。大约十一点钟光景，窗户嘎吱作响，我们听到了部署在那的大型加农炮的炮声，断断续续地持续了一刻钟。因为看不见火星人的身影，士兵们向汉普顿和迪顿的方向胡乱地发射了几发炮弹，之后苍白的探照灯光束就彻底熄灭了，取而代之的是耀眼的红光。

然后，第四个圆筒坠落了，那是一颗绚丽的绿色流星——我后来得知，它降落在布希公园。在里士满和金斯顿山头的炮声响起之前，从遥远的西南方向传来了一阵杂乱无章的炮声，我猜想，这一定是炮兵们赶在被黑色蒸汽笼罩之前的胡乱开炮。

就这样，火星人像熏黄蜂窝一样有条不紊地前进，把这种令人窒息的怪异蒸汽散布到了伦敦以南的地区。新月形的犄角慢慢展开，最后形成了一条从汉威尔到库姆比和马尔登的直线。整整一夜，火星人都在带着它们的破坏性黑管向前推进。自从有同伴在圣乔治山被击倒之后，它们再也没给人类炮兵们一丝机会。它们向一切有可能藏匿大炮的地方发射黑色蒸汽，而那些暴露在外的大炮就会遭受热射线的攻击。

午夜时分，里士满公园山坡上的树木在熊熊燃烧，金斯顿山上也是火光一片，亮光投射在遮蔽了整个泰晤士河谷的黑烟巨网上。这是一张一眼望不到边的巨网，两个火星人缓慢地穿行其中，并向各处喷射蒸汽，一路上嘶嘶作响。

那天晚上，火星人使用热射线颇为节制，这可能是因为他们生产热射线的材料有限，也可能是因为他们并不想毁灭这个国家，而只是想镇压它们所激起的反抗，把人类吓退罢了。对于后者，它们无疑达到了目的。人类组织起的反击行动截至周日晚上已经宣告收场。从那以后，没有人再敢反对他们，因为一切反抗都是徒劳，甚至连鱼雷快艇和驱逐舰上的船员们也都拒绝靠岸。他们原本应将速射炮运送至泰晤士河上游，但却集体哗变，掉头向下游驶去了。那晚之后，人们唯一冒险进行的反击就是深挖陷阱、掩埋地雷，即便如此，这些反击也是慌手慌脚，难以为继的。

不难想象那些在暮色中紧张待命的炮兵们的命运，他们部署在通往埃舍尔的沿途，应该没有幸存者。这样一幅场景也许会出现在你的脑海中：一切都有条不紊，军官们时刻戒备，炮兵们准备就绪，弹药堆放在手边，身手矫健的骑兵们牵着他们的马匹和马车，围观人群围着警戒线站着。傍晚时分一片寂静，救护车和医院的帐篷里躺着的是来自韦布里奇的伤员。然后是火星人发射炮弹时沉闷的轰鸣，笨重的弹丸在树木和房顶上打着旋儿，砸在邻近的田野里。

画面里，人们的视线突然望向一边，那里黑压压的一片蒸汽迅速翻滚蔓延，直冲云霄，将暮色染成一片朦胧的黑暗。一个奇怪而可怖的蒸汽杀手直扑它的猎物，朦胧中只见它附近的人和马在奔跑、尖叫，最终栽倒在地，发出绝望的喊叫。大炮转眼间也被遗弃，窒息的炮兵们在地上痛苦地扭动，那不透明的圆锥形“黑烟”迅速扩散，之后就是黑夜和死亡——只剩下一团团无声无息、密不透风的“黑烟”，掩盖着死者。

黎明前，“黑烟”在里士满的街道上弥漫开来，分崩离析的政府机构在做着最后的努力，试图唤醒伦敦的民众，让他们意识到逃亡的必要性。

十六　伦敦逃亡记

至此，这座全世界最大的都市在周一黎明时分咆哮的恐惧就不难理解了：逃难的人群迅速上升为洪流，在火车站周围汹涌澎湃，汇聚成一场争夺泰晤士河航运的可怕搏斗，并通过各种渠道向着北方和东方急速驶去。到了十点钟，警察部门已然失效，及至午时，铁路部门也已失去控制，一切都陷入混乱之中。最终，整个社会体系崩塌。

早在周日午夜前，泰晤士河以北的所有铁路线和位于坎农街的东南部铁路线都已收到警示，一时间火车上人满为患。半夜两点，人们还在车厢里为了一席站位而大打出手。到了三点，在距离利物浦街车站几百米远的主教门街上，甚至出现了人群踩踏的事故。有人开了枪，有人被刺伤，被派去指挥交通的警察精疲力竭，他们被叫去保护民众，却气急败坏地打破了民众的头。

随着时间的推移，火车司机和司炉工都拒绝返回伦敦，逃难的压力驱使越来越多的人离开车站，沿着向北延伸的道路前进。到了中午，人们在巴恩斯看到了一个火星人，一团团缓慢下沉的黑色蒸汽沿着泰晤士河漫延至兰贝斯的平地，在缓慢前进的过程中切断了所有从桥上逃生的通道。另一股气流经过伊灵，将城堡山上的一群幸存者围困在山上，这些人侥幸存活，却无法逃脱。

我弟弟在乔克农场车站试图登上开往西北方向的一列火车，几经挣扎却徒劳无功。在那里的货场装货的火车在人们的尖叫声中呼啸离去，十几个强壮的男人奋力抵挡着汹涌的人潮，以防他们把司机挤到锅炉上。我弟弟只能走上乔克农场的公路，有惊无险地穿过奔忙的车流，最后幸运地在一家自行车店的哄抢中排在了最前面。他把那辆自行车从橱窗里拖出来时前轮胎被扎破了，但他已顾不上这些，骑上车就离开了，所幸除了手腕被割伤，他没有受到其他伤害。哈弗斯托克山陡峭的山脚下因为几匹翻倒的马匹而无法通行，我弟弟只好拐往贝尔塞泽路。

就这样，他躲过了恐慌的狂风暴雨，绕着埃奇韦尔路骑行，大约七点钟到达了埃奇韦尔。他又饿又累，但已把逃难的人潮远远甩在了身后。一路上，不时有人群站在路边，好奇地打量着他。沿途他被一些骑自行车的人、一些骑马的人和两辆汽车超过。在距离埃奇韦尔两公里的地方，车轮的钢圈坏了，车子无法再骑。他把车扔在了路边，疲惫地徒步穿过村庄。村里主干道上，商店大都半开着门，人们挤在人行道上、商店门口和橱窗前，惊讶地注视着这支非同寻常的逃亡大军的先头部队。他成功地在一家旅店买到了一些食物。

他在埃奇韦尔停留了一段时间，不知道下一步该做什么。逃难的人群越聚越多。他们中的许多人和我弟弟一样，似乎都倾向于在这个地方停留。此时没有关于火星入侵者的最新消息。

当时路上人很多，但还远远没有到拥挤的地步。那时候大多数逃难者都只是骑着自行车，但很快汽车、出租马车和四轮马车相继出现，在通往圣奥尔本斯的路上扬起漫天尘土。

也许是出于想去切姆斯福德的模糊想法，因为我弟弟有一些朋友住在那里，他最终拐进了一条幽静的小巷，向东而去。不久，他来到一个围栏前，跨过围栏，沿着一条人行道向东北方向走去。他经过了几座农舍和一些他不知道名字的小地方。一路上，逃难者寥寥无几，直到在通往海巴尼特的一条杂草丛生的小道上，他偶遇了两位女士，并及时搭救了她们，之后他们就一起同行。

当时他听到了她们的尖叫声，于是急忙转过街角，就看到两个男人正使劲地把她们从乘坐的小型轻便马车里拖出来，还有一个男人则费力地控制着小马的头，那匹马明显受到了惊吓。其中一位身着白衣的矮个子女士正大声尖叫；另一位皮肤黝黑、身材纤细的女士则被一个男人抓住了一条手臂，她挣脱了另一只手，举起鞭子向那个男人抽打着。

我弟弟立刻就明白了是怎么一回事，大喊一声冲了过去。其中一个男人停下手，向他转过来。他从对手的表情中意识到一场打斗在所难免，所幸他是个拳击高手，于是他径直冲上去，将那个男人打倒在车轮下。

现在不是逞英雄的时候，我弟弟上前补了一脚，把那个男人踢倒在地出不了声，并揪住了另一个男人的衣领——就是拉住高个子女士胳膊的那个男人。这时，他听到马蹄声传来，脸上被鞭子抽了一下，原来是第三个男人打中了他的两眼之间。被他揪住的那个男人趁机挣脱了束缚，顺着小巷朝来时的方向跑走了。

我弟弟被打得有些晕头转向，发现自己正站在那个抓住马头的男人面前。那辆马车左右摇晃得厉害，从他身边驶过沿着小巷而去，车里的女人正回头张望。他面前这个壮汉试图追上马车。他一拳打在这个男人脸上，阻止了他。这时，我弟弟突然意识到自己孤身一人，便闪身绕过眼前的男人，沿着小巷追赶那辆马车。那个壮汉紧追不舍，而刚才逃跑的男人此时也已经转过身来，遥遥地跟在后面。

突然，他一个趔趄摔倒在地，紧追着他的男人一个猛冲，和赶上来的另一个男人把他围困住。若非那位苗条的女士非常勇敢地勒停马车，回来相助，他几乎毫无胜算。看来她一直带着一把左轮手枪，不过她和同伴遇袭时，枪放在了座位下面。她在大约 6 码远的地方开了一枪，差一点就打中了我弟弟。那个胆子较小的劫匪逃跑了，他的同伴紧随其后，咒骂他是个孬种。我弟弟和那位女士在巷子里停了下来，看到第三个人躺在那里，已经失去了知觉。

“拿着这个！”身材窈窕的女士说着，把左轮手枪递给了我弟弟。

“回到马车上去。”我弟弟一边说，一边擦去裂开的嘴唇上的血。

她一言不发地转过身去。他俩气喘吁吁地回到了马车那边，白衣女士正在奋力牵着受惊的小马。

劫匪们显然已经受够了。当我弟弟再看时，他们早已溜得无影无踪。

我弟弟说：“如果可以的话，我就坐在这里吧。”他坐到了前座的空位上，那位女士回头看去。

“把缰绳给我。”她说道，然后在马驹身上抽了一鞭子。很快，马车拐了个弯，那三个人从我弟弟的视线里消失了。

一切都那么出人意料！等我弟弟回过神来，发现自己正喘着气和这两位女士在一条小道上赶路，他的嘴角被割伤，下巴瘀青，指关节还沾满了鲜血。

他得知她们住在斯坦莫尔，一位是某外科医生的妻子，另一位是他的妹妹。这位外科医生凌晨时分从平纳出诊一个危重病人回来，在途中的某个火车站听说了火星人来犯的消息。他匆匆赶回家，叫醒女人们（她们的仆人两天前离开了），准备了一些食物，并把他的左轮手枪放在马车的座位下面——算我弟弟走运。然后告诉她们驾车去埃奇韦尔，计划在那里坐火车，不过他自己要先留下来通知邻居们。他说他预计会在凌晨四点半左右赶上她们，可现在已经快九点了，仍不见他的踪迹。她们无法在埃奇韦尔主路上停车，因为那里的车流量越来越大，所以她们就来到了这条小巷。

他们在靠近新巴尼特的地方再次把车停了下来，我弟弟断断续续了解了她们的经历。他答应和她们待在一起，至少等她们明确去向，或者等到医生来了再离开。为了让她们放心，他还自诩是个神枪手，实际上他对左轮手枪的用法一窍不通。

他们在路边扎了一个营，小马在树篱旁显得很是开心。他向她们讲述了自己逃离伦敦的经过，以及他所知道的关于火星人的消息和它们的动向。太阳渐渐升上了天空，过了一阵，他们停止了交谈，开始了不安的等待。几位路人经过，我弟弟想方设法向他们打听消息。每一个只言片语的回答，都让他意识到人类正在面临着巨大的灾难，也使他更加坚信，这次逃亡迫在眉睫。他催促两位女士尽快动身。

“我们有钱。”这位身材苗条的女士说着，犹豫了一下。

她的目光与我弟弟的目光相遇，便不再犹豫。

“我也有钱。”我弟弟说。

她解释说，除了一张五英镑的纸币，她们还有多达三十英镑的黄金，并提议用这些钱在圣奥尔本斯或新巴尼特搭乘火车。我弟弟却认为这不太可行，因为他目睹了伦敦人争抢乘车的混乱场景，于是他提出了自己的想法：穿过埃塞克斯郡，前往哈里奇港，然后逃离这个国家。

埃尔芬斯通太太，那位穿白衣服的女士，不听任何劝阻，不停地叫着“乔治”。但她的小姑子却出奇地冷静审慎，最终同意了我弟弟的提议。于是，他们打算穿过北方大道，向巴尼特方向走去，我弟弟牵着马，尽可能节省它的体力。

太阳渐渐升上了天空，天气变得异常炎热，脚下厚厚的白沙也逐渐变得灼热刺眼，所以他们走得非常慢。树篱被灰尘染成了灰色。当他们离巴尼特越来越近时，嘈杂声也越来越大。

他们遇到了更多的逃难者，大多数都目光呆滞，嘴里喃喃着模糊不清的问题。这些人面容憔悴、疲惫不堪、衣着肮脏。一个穿着晚礼服的男人从他们身后走来，眼睛盯着地面。他们听到了他的声音，回头看他，只见他一只手抓着头发，另一只手在空中拍打着看不见的东西。狂怒过后，他头也不回地走了。

我弟弟一行人继续向巴尼特南面的十字路口走去，他们看到有一个女人穿过左边的田野向公路走来，怀里抱着一个孩子，旁边跟着另外两个孩子；又有一个黑衣男子经过，穿着脏兮兮的，他一手拄着粗大的拐杖，一手拿着一个小手提箱。然后，在小巷的拐角处，从小巷与大路交会处的别墅群之间，驶来一辆小型马车。拉车的是一匹不停淌汗的黑色小马驹，车夫是一个满身灰尘的年轻人，他戴着圆顶礼帽、面色黧黑。车上坐着三个女孩，是东区工厂的女工，还有几个小孩挤在车厢里。

车夫问道：“这是去埃奇韦尔的路吗？”他目光呆滞，脸色发白。

我弟弟告诉他，去埃奇韦尔应该向左转，车夫立刻扬长而去，连声道谢都没有。

我弟弟注意到，在他们面前的房屋上空升起了淡灰色的气团，似烟似雾，遮蔽了道路两侧别墅露台的白色外墙，而那条路是别墅之间的必经之路。埃尔芬斯通太太突然大叫起来，只见热浪滚滚的碧空下，他们面前的房屋上方蹿起了几条赤红色的火舌，还夹杂着股股浓烟。许多声音混杂在一起，无序而杂乱：车轮的摩擦声、马车的嘎吱声和马蹄的噔噔声。车道在离十字路口不到五十码的地方出现急转弯。

“天哪！”埃尔芬斯通夫人喊道，“你这是要带我们去哪里啊？”

我弟弟停了下来。

主干道上人声鼎沸，摩肩接踵的人潮向北方涌去。路面尘土飞扬，在炽热的阳光下泛着白光，使得离地面六米以内的一切都变得灰蒙蒙的，朦胧不清。马匹蜂拥而至，行人步履匆匆，各种车辆的车轮不停碾压，因而尘土不断飞扬。

“让路！”我弟弟听到有人喊道，“让路！”

从小巷走上大路，就像走进了浓烟弥漫的火场中。人群像火一样咆哮着，尘土又热又刺鼻。事实上，在路的不远处，一栋别墅的确燃烧着熊熊大火，滚滚黑烟穿过道路，使路面更加混乱。

两个男人从他们身旁路过。然后过来一个脏兮兮的女人，背着沉重的包袱，边走边哭。一只迷路的猎狗吐着舌头，围着我弟弟一行人转来转去，一副担惊受怕的可怜模样。我弟弟吓唬了它一下，它便迅速逃开了。

他们极目远眺，只见通往伦敦的路上，靠右边的房舍之间是汹涌的人流。逃难者衣衫褴褛、行色匆匆，两边的别墅将他们包裹其中，只能看见黑压压的人头和拥挤的身影。随着他们冲过拐角，匆匆而过，各自的身影逐渐变得清晰起来，接着又融入了渐行渐远的人潮，最后消失在飞扬的尘土中。

“快走！快走！”人们叫嚷着，“让开！让开！”

众人推搡着前进。我弟弟站在马车边上，此情此景让他不由自主地一步一步地沿着小路缓慢前进。

埃奇韦尔仅仅是混乱不堪，乔克农场则是骚乱喧哗，但在这里所有人都在逃难，这场面简直让人难以想象。人流蜂拥而出，涌过街角，渐渐远去。沿路步行的人只得在沟渠里行走，以防被车轮撞到，他们踉踉跄跄，彼此时有碰撞。

货运马车和四轮马车挤在路上，几乎没给那些速度更快、等候不及的后方车辆留有超车的余地。这些车辆时不时地趁机向前冲去，四周的路人被挤到了道路两侧别墅的栅栏上和大门上。

“继续前进！”人们喊着，“继续前进！它们来了！”

一个身着救世军制服的盲人站在马车上，伸出他弯曲的手指比画着，大喊着：“永生！永生！”他的声音嘶哑而响亮，以至于他的身影在尘土飞扬中消失很久之后我弟弟还能听到他的声音。挤在马车上的人有的傻傻地一味挥舞着马鞭，不时与其他车夫争吵着；有的一动不动地坐着，双眼圆瞪，眼神呆滞；有的渴得直咬手；有的则干脆瘫倒在了后车厢里。马匹的口衔上满是泡沫，眼睛里布满了血丝。

路上各式的车辆多得数不清，有出租马车、四轮马车、商店运送马车、货运马车、邮政马车、标有“圣潘克拉斯教区”字样的道路清扫车，还有挤满粗人的大型木材货运马车。一辆酿酒厂的平板马车辘辘驶过，近旁的两个车轮上溅满了鲜血。

“让开！”人们喊道，“让开！”

“永生！永生！”那喊声在路上回荡。

几个衣着考究、面容憔悴的女士带着蹒跚哭闹的孩子随着人流走来，她们华美的衣服上沾满了灰尘，疲惫的脸上挂满了泪水。和她们一起的还有她们的男人，他们有时协助一下自己的妻子，有时却垂头丧气、野蛮无理。挤在人流中的还有一些疲惫不堪的街头流浪汉，他们衣衫褴褛，瞪着双眼，嗓门很大，满嘴脏话。有些身强力壮的苦力，在人流中挤出一条路向前走来。还有的人狼狈不堪、衣衫不整，看打扮像是办事员或店员，随着人流挣扎前进。我弟弟还看到人群中有受伤的士兵，有一群穿着铁路搬运工制服的人，还有一个可怜人里面穿着睡衣，外面披着一件大衣。

尽管这些人来历各不相同，但都有一个共同点：他们的脸上都流露着恐惧和痛苦的神情，内心亦是害怕至极。无论是路上的喧哗，或者是马车夫为了争夺行路权的争吵，都驱使着整个逃亡队伍加快步伐。即便是一个被吓破了胆，差点双膝跪地的人，也能在刹那间重新振作起来，继续赶路。酷热的天气和飞扬的尘土令这些人痛苦不堪。他们的皮肤干燥，嘴唇发黑干裂。他们一个个又渴又累，双腿酸痛。在各种叫喊声中，掺杂着争吵声、责备声，以及疲惫痛苦的呻吟声；他们中大多数人的声音嘶哑而虚弱。只听见人们反复地呼喊着：

“让开！让开！火星人来了！”

鲜少有人停下脚步，脱离逃亡的洪流。这条小路斜着通向大路，路口很窄，好像是从伦敦直接通往这里似的，人群如潮水般涌入巷口，又像漩涡一样涌出巷口。有时羸弱者会被人潮挤出去，但他们大多只休息片刻就又投入人流。在小巷的不远处，躺着一个男人，他的两个朋友正俯身护着他。他光着腿，上面裹着血淋淋的破布。他是个幸运的人，因为他还有朋友。

一个小老头一瘸一拐地走来，他留着军队招牌式胡须，穿着一件肮脏的黑色礼服外套。他在马车旁坐了下来，并脱下了靴子（他的袜子上已经沾满了血迹），抖落出一块小石子，又蹒跚地继续前行。又有一个八九岁的小女孩独自一人跑到我弟弟身边的篱笆下哭泣。

“我走不动了！我走不动了！”

我弟弟从惊愕中回过神来，连忙把她扶起来，柔声安慰着她，然后把她抱到埃尔芬斯通小姐身边。我弟弟一碰她，她就安静了下来，似乎之前受到了惊吓。

“爱伦！”人群中一个女人尖声喊道，语带哭腔，“爱伦！”孩子突然从我弟弟身边飞奔而去，哭喊着：“妈妈！”

“它们来了。”一个骑马的男人说，说罢就沿着小路远去。

“那边的，快让开！”一个马车夫站在车头，厉声喝道，我弟弟看到一辆车门紧闭的四轮马车拐进了小巷。

人们为了躲避马车，互相挤在一起。我弟弟把小马和马车推到篱墙边靠着。那个马车夫驾着马车，在小路的转弯处停了下来。那辆马车车辕上本来应该有两匹马，但现在只有一匹。透过烟尘，我弟弟隐约看到有两个人抬出一个白色担架，轻轻地放在篱笆下的草地上。

其中一个人跑向我弟弟。

“哪里有水？”他问，“他快不行了，非常口渴，是加里克勋爵。”

“加里克勋爵！”我弟弟追问道，“是首席大法官大人吗？”

“有水吗？”他又问。

“可能有水龙头，”我弟弟说，“在那边的那些房子里。我们没有水。我不敢离开我的人。”

那人挤开人群，朝转角处那幢房子的大门走去。

“快走！”人们推搡着他说，“它们来了！快走！”

这时，一个满脸络腮胡子的鹰脸男子引起了我弟弟的注意。只见他拎着一个小手提包，就在我弟弟的视线看向手提包时，手提包裂开了，从里面滚出一堆金币，在众人的脚边和凌乱的马腿之间滚来滚去，滚得满地都是。那人停了下来，呆呆地看着地上的硬币。一辆出租马车的车辕撞在了他的肩膀上，把他撞得倒退了几步。他惊叫一声，向后躲闪，恰好和车轮擦身而过。

“让开！”他周围的人喊道，“快让开！”

出租马车一过，他就张开双手扑向硬币堆，开始一把把地把钱装回口袋里。一匹马向他冲了过来，他还没站起身就被马蹄压倒在地。

“停下！”我弟弟尖叫着，推开挡在前面的女人，试图抓住那匹马的口衔。

他还没来得及抓到，就听到车轮下传来一声惨叫，透过尘土，他看到车轮从那个可怜人的背上碾过。车夫挥起鞭子抽向我弟弟，我弟弟赶紧绕着马车跑到后面去了。无数的叫喊声震得他的耳朵都聋了。那个人在尘土中痛苦地扭动着，周围是散落的金币。他站不起来，因为车轮压断了他的后背，他的下肢也被压断了。我弟弟站起来，大喊着向后面的车夫求助，一个骑着黑马的男人上来帮他。

“把他抬到路边去。”我弟弟说着，用空闲的手攥住那人的衣领，把他往旁边拖。但那个男人仍然紧紧抓着他的钱，恶狠狠地看着我弟弟，还用抓满金币的手捶着他的胳膊。“快走！快走！”后面传来愤怒的喊声。

“让开！让开！”

一辆四轮马车的车辕撞上了那个骑黑马的人停在一旁的马车，发出了一声闷响。我弟弟抬头看去，那个死抓金币的男人扭过头来，一口咬在我弟弟抓着他衣领的手腕上。一阵猛烈的震动，黑马踉踉跄跄地跑向路边，马车也被带到了它旁边。一只蹄子差点就踩到了我弟弟的脚上。我弟弟松手放开了地上的可怜鬼，向后跳去。只见那人脸上的怒气变成了惊恐，顷刻间就被人潮淹没，而我弟弟则被挤到后面，又被人流推搡着出了小巷。他不得不在人流中奋力挣扎，大费周折才得以折返。

他看到埃尔芬斯通小姐捂着眼睛，还有一个小孩子，双眼带着孩童所特有的缺乏同情心的好奇，盯着一个满是灰尘的东西。那东西黑乎乎的，静静地躺在那里，被滚动的车轮来回碾压。“我们往回走吧！”他一边喊，一边调转小马驹的方向，“这鬼地方，我们根本过不去。”他们按原路往回走了一百多米，直到看不见拥挤的人群。当他们走过小巷的拐弯处时，我弟弟看到了篱墙下沟渠里那个奄奄一息的人——加里克勋爵，他面无血色，晶莹的汗水淌个不停。车上两个女人默不作声，蜷缩在座位上瑟瑟发抖。

过了弯道，我弟弟又把马车停了下来。埃尔芬斯通小姐脸色苍白，她的嫂子坐在一旁哭泣，她太伤心了，连“乔治”都忘了叫。我弟弟也十分害怕，同时又不知所措。但他们刚一撤回，他就意识到必须马上穿过那个巷口。他转向埃尔芬斯通小姐，突然下定了决心。

“我们必须走刚才那条路。”他说着，又牵着小马往回转。

这位女士当天再次展现出她的勇气。为了强行挤进逃亡队伍，我弟弟冲进车流中，挡住了一辆出租马车，而她则赶着小马从那辆马车前挤进人流中。他们的车轮被一辆货运马车绊住，车上一块长条木板被硬生生扯裂。转眼间，他们就被人流裹挟，身不由已地向前挪动起来。我弟弟的脸上和手上遍布着马鞭的红印子，那是被他拦住的那辆马车的车夫打的，他万般艰难却又迅捷无比地爬上马车，从她手中接过了缰绳。

“把枪对准后面那个男人，”他交代着，把左轮手枪递给了她，

“如果他逼得我们太紧的话。不！——还是对准他的马。”

然后，他开始寻找机会切入到道路的右侧。可一旦进入到人车组成的洪流中，他似乎就意志全无，任凭自己成为那尘土飞扬的洪流的一部分。他们随着洪流冲过了奇平巴尼特。直至距离镇中心将近 1 英里时，他们才好不容易把车行驶到了道路的另一侧。这种喧嚣和混乱难以名状。好在城镇内外都岔路不断，这在一定程度上缓解了人流的压力。

他们向东穿过哈德利，一路上，甚至到了很远，他们都看到许多人在溪边喝水，还有些人为了争抢水源而大打出手。再往前走到东巴尼特的一块平地时，他们看见两列火车，在没有信号灯维持秩序的情况下一前一后缓缓行驶着，火车上挤满了人，甚至还有人挤在发动机后面的煤堆里；火车正沿着大北方铁路向北驶去。我弟弟猜想，他们一定是在伦敦城外挤上车的，因为当时恐慌已经在伦敦城里蔓延，中央火车站根本无法正常发车。

这一天剩余的时间里，他们就在这附近休整，因为这一天惊心动魄的逃亡已经让他们三人筋疲力尽。他们逐渐饥饿难耐，夜里很冷，没有一个人敢睡觉。当天晚上，在他们停留的地方附近，许多人沿着道路匆匆经过，他们在逃离眼前未知的危险，并沿着我弟弟逃亡的方向一路远去。

十七 “雷神之子”号

如果火星人的目的仅仅是毁灭人类，它们可能周一就已经消灭了伦敦的全部人口，不过它们并没有，因为伦敦人当时正向周围郡县逃散，速度并不快。无论是横穿巴尼特的公路，还是穿过埃奇韦尔和沃尔瑟姆修道院，向东通往索森德和肖伯里内斯的公路，以及泰晤士河以南通往迪尔和布罗德斯泰斯的公路，到处可见紧张忙乱的逃亡者。如果有人能在那个六月的早晨乘坐热气球悬停在伦敦上空炽热的蓝天下，俯瞰迷宫般的街道，便会发现向北和向东延伸的每一条道路都会被川流不息的逃亡者染成黑色，每一个小点都是人类精神恐惧和肉体痛苦的具现。我在上一章详细叙述了我弟弟穿过奇平巴尼特的经历，目的是让我的读者了解，在当事人眼中，那些成群结队的黑点究竟是何模样。纵观世界历史，从未有过如此大规模的集体逃亡和共同受难的事件。传说中的哥特人和匈奴人，拥有亚洲有史以来最庞大的军队，与之相比也不过是沧海一粟。这不是一次纪律严明的行军，这是一次规模巨大，骇人听闻的大逃亡——没有秩序，没有目的地，六百万人手无寸铁，粮尽援绝，抱头鼠窜。这是文明溃败的伊始，是人类大屠杀的开端。

在热气球的正下方，气球上的人会看到街道网络四通八达，房屋、教堂、广场、月牙形建筑、花园，全都空无一人，像一张巨大的地图一样铺展开来，而南面则像是被一片污渍染黑了。在伊灵、里士满、温布尔登的上空，仿佛有一支巨大的笔在往地图上滴洒墨水。每一滴黑色的墨水都在逐渐晕染扩散，不停地朝各处蔓延扩张，时而因地面隆起而受阻，时而迅速越过山峰涌入一个新发现的山谷，宛如墨水在吸墨纸上迅速晕染开来。

远处，隔着河南岸的青山，可以看见亮光闪闪的火星人走来走去，平静而有条不紊地把毒烟撒在这块土地上，然后又撒在那块土地上，等毒烟发挥作用之后，又喷射出蒸汽把毒烟清洗干净，然后占领被征服的土地。它们的目的似乎并不是灭绝人类，而是彻底打击士气，摧毁一切抵抗。它们炸毁了沿途遇到的任何火药库，切断了所有通信，捣毁了各地铁路交通。凡此种种，只是为了使人类寸步难行。它们似乎并不急于扩大行动范围，一整天都没有离开伦敦市中心。伦敦可能有相当多的人整个星期一早上都待在家里。可以肯定的是，许多人被“黑烟”活活熏死在了家中。

直到正午时分，伦敦池①里还是一片惊涛骇浪。汽船等各式船舶停在岸边，因为愿意出高价登船的逃难者云集于此。据说，许多试图不交钱通过游泳强行登船的人都被船钩钩下水淹死了。到了下午一点钟左右，黑色蒸汽的残余薄雾出现在布莱克弗里斯大桥的拱门之间，伦敦池顿时陷入一片恐慌。人们相互厮杀、冲撞，一时间，许多船只和驳船堵在了塔桥北面的桥拱下，水手和驳船工不得不与从河边蜂拥而至的人们展开野蛮的搏斗。还有人干脆顺着桥墩往下爬上船。

一小时后，一个火星人出现在钟楼外，蹚水顺流而下，此时莱姆豪斯附近的河面空空如也，只剩下一片残骸。

我后面再告诉大家关于第五颗圆筒坠落的事，我现在要告诉大家的是在温布尔登坠落的第六颗流星。我弟弟当时正在草地上守夜，两位女士在身旁的轻便马车上熟睡。他看到山丘那边闪现了一道绿光。周二那天，他们一行人仍然一心想着渡海，穿过人潮拥挤的乡村，向科尔切斯特进发。火星人占领了整个伦敦的消息得到了证实。有人在海盖特看到了它们，据说甚至在尼阿斯顿也有人看到了它们，但我弟弟直到第二天才见到火星人。

那天，四处奔逃的民众开始意识到食物补给的迫切性。随着饥饿的加剧，财产权不再受到重视。农民们手持武器，出来保卫他们的牛棚、粮仓和尚未成熟的根茎作物。许多人像我弟弟一样向东而行，有

①伦敦池：伦敦塔桥横跨泰晤士河的一段被称为伦敦池。

些绝望的人甚至返回伦敦去寻找食物。这些人主要来自北郊，他们对“黑烟”的了解都来自道听途说。我弟弟听说大约有一半的政府官员聚集在伯明翰，在英格兰中部各郡，人们正在准备大量的烈性炸药用于制作自动地雷。

他同时还得知，米德兰铁路公司已从第一天的瘫痪状态中恢复，开通了从圣奥尔本斯开往北方的列车，以缓解伦敦周边各县的交通拥堵。奇平昂加尔也贴出公告，宣布北部各镇有大量面粉储备，二十四小时内将分发面包给附近的饥民。但这一消息并没有让我弟弟放弃已经制订好的逃亡计划，三人向东整整走了一天，除了这个承诺，再也没有听到任何关于分发面包的消息。事实上，其他人也没有听到更多的消息。当晚，第七颗流星坠落在樱草山上。因为埃尔芬斯通小姐和我弟弟晚上轮流值守，所以她看见了。

星期三,三个逃亡者在一片未成熟的麦田里过了一夜之后到达了切姆斯福德。在那里，一群自称为公共供应委员会的居民把小马当作给养充公了，他们除了答应第二天分给他们一份马肉，什么也不愿意交换。这里的人们传言说火星人已经到了埃平，还有传言称沃尔瑟姆修道院的军火工厂妄图炸死入侵者之一，结果反而被摧毁了。

人们在教堂的塔楼上监视着火星人是否到来。我弟弟非常幸运，因为他宁愿立即赶往海岸，也不愿在原地等待食物，坐以待毙，尽管他们三个都已饥肠辘辘。中午时分，他们经过了蒂林厄姆。奇怪的是，那里似乎相当寂静和冷清，只有几个鬼鬼祟祟的逃难者在搜刮食物。离开蒂林厄姆不久，大海突然出现在他们眼前，放眼望去，海面上有各色船只，数量之多难以想象。

由于水手们无法再经由泰晤士河溯流而上，他们只能取道埃塞克斯海岸去往哈里奇、沃尔顿和克莱克顿，之后抵达福尔内斯和肖伯里内斯，把人们运走。这些船只在海面上排成一条巨大的镰刀形状的曲线，最后消失在纳兹的薄雾中。靠近海岸边停着各色小渔船——来自英格兰、苏格兰、法国、荷兰和瑞典等地，还有从泰晤士河上驶来的汽艇、游艇、电瓶船；海岸稍远处是吨位较大的大货船、脏兮兮的运煤船、整洁的商船、牲畜船、客船、运油船和不定期远洋的货轮，甚至还有一艘破旧的白色运输船，以及来自南安普敦和汉堡的白色邮轮和灰色军舰。沿着黑水河的蓝色海岸线，我弟弟可以隐约看到密密麻麻的船只与海滩上熙熙攘攘的人群，从黑水河一直延伸到莫尔登。

大约几英里外有一艘铁甲舰，吃水很深，在我弟弟的感觉中，它几乎就像泡在水里一样。这就是“雷神之子”号，它是视线中唯一的一艘战舰。但顺着平静的海面极目远眺，那天格外风平浪静，从海面的右边飘来一股蛇形黑烟，标志着海峡舰队的铁甲舰队就在不远处。在火星人占领伦敦的过程中，这些铁甲舰排成一长列，冒着蒸汽，随时准备行动，在泰晤士河河口徘徊着，警惕着，但又无力阻止。

一看到大海，埃尔芬斯通夫人就慌了神，她的小姑子一再劝慰都无济于事。她从来没有离开过英国，她宁死也不愿意自己在异国他乡无亲无故。可怜的女人，她似乎觉得法国人和火星人一样可怕。连日来的奔波使得她越来越歇斯底里、惶恐不安、意志消沉。她现在最大的想法就是回到斯坦莫尔。在斯坦莫尔，一切都很好，也很安全。他们会在斯坦莫尔找到乔治的。

他们费了九牛二虎之力才把她带到海边，我弟弟在那里成功地引起了几个人的注意。他们搭乘的是一艘来自泰晤士河的明轮汽船，对方派了一艘小艇前来议价，三个人收费 36 英镑。这些人说，汽船要去奥斯坦德。

大约两点钟，我弟弟在舷梯处付了船费后，拿着他的找零安全登上了汽船。船上有食物，尽管价格不菲，他们三人还是设法在前排座位上吃了一顿。

船上已经有几十名乘客，其中有些人为了搭船已经花光了身上最后的钱，但船长说船要在黑水河上停留到下午五点，并一直在不停地接收乘客，直到坐在甲板上的乘客挤得水泄不通。要不是南边的炮声在这个时候响起，他可能还会停留更长时间。只见靠海的那艘铁甲舰发射了一枚小型火炮，算是对炮声的回应，并升起了一串旗帜，一股浓烟从烟囱里喷出。

一些乘客起初认为这是从肖伯里内斯传来的炮声，可是后来人们注意到炮声越来越响。与此同时，在遥远的东南方向，三艘铁甲舰的桅杆和船身在黑烟的笼罩下相继出现在海平面上。但很快，南方远远传来了炮声，再次吸引了我弟弟的注意。远方灰蒙蒙一片，他仿佛看见一道烟柱从中升起。

我弟弟他们乘坐的那艘小明轮汽船正跟随着海中的镰刀曲线向东而去，埃塞克斯海岸线变得模糊而幽蓝深邃。这时，一个火星人出现在远方，显得很小很模糊，它沿着泥泞的海岸线从福尔内斯的方向走来。见此情形，舰桥上的船长大声咒骂起来，对自己造成的延误而懊悔和恐惧，连船桨似乎也被他的恐惧所感染。船上的每一个人都站在船舷边或汽船的座位上，凝视着远处的那个身影。它比陆地上的树木或教堂塔楼都要高，模仿着人类的步态，从容不迫地向前逼近。

这是我弟弟看到的第一个火星人。他站在那里，惊奇多于恐惧，看着这个泰坦巨人不慌不忙地向着他们的船一路走来，它一步步走入海水中，离海岸越来越远。接着，在克劳奇河对岸很远的地方，又来了一个火星人，正大步流星地跨过低矮的树丛。然后又来了一个，在更远的地方，它蹚过了一摊很深的淤泥；远远望去，那片泥滩泛着光，似乎悬在海天之间的半空中。它们趾高气扬，向着海边而来，似乎要拦截挤在福尔内斯和纳兹之间的众多船只，不让它们逃窜。尽管小明轮汽船的引擎发出阵阵轰鸣，船尾不断掀起一股股水沫，但它还是以令人恐惧的缓慢速度前进，着实令人心焦。

我弟弟朝西北方向瞥了一眼，只见大型镰刀形船队已经在恐怖的逼近中乱了方寸。一艘船正试图赶超其他船只，另一艘船则调转了航向。一艘艘蒸汽船呼啸着喷出大量蒸汽，纷纷放下舢板，各色小艇在海中冲来冲去。这番景象和左侧悄然而至的危险吸引了我弟弟的全部注意，根本无暇顾及自家船只前方的情况。就在这时，明轮汽船为了避免相撞，猛地调头，我弟弟从他站立的座位上一头栽了下去。只听周围响起了一片叫喊声、凌乱的脚步声以及一阵欢呼声，似乎还有人在轻声应和。明轮汽船猛地一晃，把他翻了个脚朝天。

他跳起来，往右舷看去，只见离他们倾斜的汽船不到一百码的地方，一个巨大的铁块像犁刀一样撕裂了水面，在它身旁翻腾起巨大的浪花，裹挟着水沫向明轮汽船涌去，把船桨无助地抛向空中，旋即又将船体拉回，海水差点涌进了甲板。

水花四溅，我弟弟一时间无法睁眼。当他的眼睛再次睁开时，他看到那个怪物已经从旁经过，冲向了陆地。巨大的铁制船身从破浪前行的战舰上升起，两个烟囱矗立，喷出滚滚冒着火星的浓烟。那是“雷神之子”号鱼雷快艇，它正乘风破浪，前来营救受到威胁的船只。

我弟弟紧紧抓住船舷，在起伏不定的甲板上站稳了脚跟。他的目光越过这艘冲锋的巨舰，再次向火星人望去，只见它们三个此刻已经聚拢在一起，站在海里，因为离岸边太远，它们的三脚支架几乎完全被海水淹没了。从远处看去，它们半沉在海中，似乎远没有眼前的巨大铁块那样可怕；后者疾驰而过，明轮汽船只能随之无助地被海浪抛

来抛去。新对手的出现令火星人有些始料未及。也许以它们的智慧而言，这个庞然大物像是它们的同类。“雷神之子”号没有开炮，只是全速驶向它们。也许正是因为它没有开炮，所以才能如此接近敌人。火星人不知道该怎么对付它。只要有一发炮弹，它们就会立即用热射线把它送进海底。

战舰疾速前行，眨眼之间似乎就到了明轮汽船和火星人之间的海域；在不断后退的埃塞克斯海岸线上，它是一个越来越小的黑点。

突然，最前面的火星人放低发射管，向铁甲舰发射了一罐黑色蒸汽。它击中了铁甲舰的右舷后弹开，一股墨色的气流喷出，罐子向海中滚去，形成了一股不断扩大的黑烟洪流，铁甲舰从中驶出。铁甲舰吃水很深，在汽船上的观察者看来，在刺眼的阳光下，他们仿佛看到铁甲舰已经抵达火星人中间了。

他们看到纤细的火星人纷纷向岸边撤退。随着火星人逐渐接近岸边，浮出水面，其中一个火星人举起了照相机般的热射线发射器。它把手中的发射器斜着朝海水中一放，水里顿时冒出一团团蒸汽。想必这股热气已经穿透了船舷的铁皮，正如烧得发烫的铁棒穿过纸张一样易如反掌。

一束火光穿过升腾的蒸汽，火星人踉踉跄跄地倒退起来，旋即它被击倒，巨大的水花和蒸汽冲天而起。“雷神之子”号的炮声穿过水汽，接连响起，一发炮弹在明轮汽船附近激起高高的水花，弹向北面那些飞速逃窜的船只，把它们打成了柴火。

但没有人在意这些。看到火星人倒下，舰桥上的船长语无伦次地大叫起来，挤在船尾的乘客也一起大叫起来。然后，他们又是一阵欢呼。因为，一艘长长的漆黑身影，从白色水雾中驶了出来，火焰从它的中间部位喷涌而出，它的通风口和烟囱也都喷出火舌。

铁甲舰安然无恙。看来转向装置完好无损，发动机也在工作。它径直冲向第二个火星人，在距其不到100码的地方，热射线袭来。伴随着剧烈的撞击声，一道刺眼的亮光闪过，“雷神之子”号的甲板和烟囱向上蹿起。火星人被爆炸的威力震得踉踉跄跄。“雷神之子”号燃烧着的残骸借着惯性仍在向前猛冲，击中了这个火星人，把它撞得像纸板一样瘪了下去。我弟弟不由自主地大叫起来。沸腾的蒸汽再次掩盖了一切。

“两个了！”船长欢呼起来。

所有人都在大喊大叫。整艘船都响起了疯狂的欢呼声。先是一艘船，然后是所有逃向大海的众多船只上，欢呼声此起彼伏。

水蒸气在水面上弥漫了好几分钟，把第三个火星人和海岸完全遮住了。在这段时间里，明轮汽船一直稳稳航行，远离战场。当混乱终于消散，黑色的蒸汽又出现了，“雷神之子”号完全无法辨认，第三个火星人也看不见了。但是，海面上的铁甲舰队现在已经很近了，并越过明轮汽船向岸边驶去。

小小的明轮汽船继续乘风破浪，向着海的深处驶去，铁甲舰队则慢慢离海岸线越来越近；海岸线仍然被大理石般的蒸汽所掩盖，应该说是一部分蒸汽和一部分黑气，它们以一种异乎寻常的方式缠绕交织在一起。难民船队正向东北方向散开，几艘单桅帆船在铁甲舰队和明轮汽船之间航行。过了一会儿，在快要抵达那片下沉的云气之前，军舰转向北方，然后突然掉头，向南驶入深沉的暮色之中。海岸线越来越模糊，最后在落日四周聚集的低矮云层中变得难以辨认。

突然，从夕阳的金色雾霭中传来了枪炮的震动声，一个黑色的影子在移动。众人纷纷涌到明轮汽船的栏杆边，望向西边刺眼的落日，但什么也看不清楚。一团团浓烟斜斜地升起，遮住了太阳的脸。明轮汽船在无尽的悬念中稳稳向前。

太阳沉入灰色的云层，天色变得通红，继而变得暗沉，夜晚的星星闪烁着出现在视野中。暮色愈见深沉之际，船长突然指着前方惊叫起来。我弟弟瞪大了眼睛，有什么东西正穿破灰色的云层，直冲天际。它倾斜着向上冲去，非常迅速地冲破西边的云层，飞入澄澈明亮的高空；那东西又扁又宽，体积庞大，在天际划出一道巨大的弧线，渐渐变小，慢慢下沉，又消失在灰蒙蒙的神秘夜色中。它一边飞，一边向大地洒下黑色的“雨水”。

火星人占领地球

一　铁蹄之下

在第一部的最后两章里，我讲述了我的弟弟的经历，在那时，我和助理牧师一直躲在哈利福德的一幢空房子里，因为“黑烟”萦绕，我们只好逃到了那里。我就从这里继续写下去。星期天整晚和第二天，也就是恐慌发生的那天，我们一直躲在那里，我们仿佛置身于一个被“黑烟”隔绝于世的光明小岛。在这两天里，我们只能在痛苦而无尽的等待中度过。

我的心里满是对妻子的担忧。我想象着她在莱瑟黑德，处境危险、恐惧万分，或许已经将我当作一个已故之人来哀悼。我在房间里来回踱步，每当想到自己与她的隔绝，以及我缺席时她可能遭遇的一切，我便忍不住放声大哭。我知道我的表亲在任何情况下都足够勇敢，但他不是那种能迅速意识到危险，并及时采取行动的人。而现在我们需要的不是勇敢，而是谨慎。好在，唯一令我感到慰藉的是火星人应该正在向伦敦进发，她大概是暂时安全了。正在发生的一切令我惴惴不安，这让我的内心变得敏感而痛苦。我对助理牧师的喋喋不休感到非常厌倦和烦躁，他自私的样子令我更加恼火。在一番无效的劝说之后，我干脆远离了他，独自待在一间房间里。那显然是一间教室，里面有地球仪和画满表格的习字本。他随即跟了过来，我又跑去了顶楼上的一个储物间，把自己锁在里面，独自承受煎熬。

那一整天和第二天早上，我们一直被“黑烟”包围着，毫无逃脱的希望。星期天晚上，我发现隔壁房子里似乎有人——窗前有人影掠过，还有移动的亮光，后来还有门砰地关上的声音。但我不知道这些人是谁，也不知道他们后来怎么样了。第二天，我们再也没有见到他们。整个周一上午，“黑烟”都在慢慢地向河边扩散，离我们越来越近，最后沿着我们躲藏的房子外面的道路飘走了。

到了中午，一个火星人穿过田野，喷射出一股温度极高的蒸汽，墙壁被那蒸汽烫得嘶嘶作响，所有窗户也因高温而破碎，还烫伤了从前厅逃出来的牧师的手。最后，当我们蹑手蹑脚地穿过一个湿答答的房间，再次向外眺望时，看到北面的乡村就像被一场黑色的暴风雪笼罩过一样。向河边望去，我们惊奇地发现，被烧得焦黑的草地上混杂着一种莫名的红色。

一时间，我们不知道这种变化对我们的处境有什么影响，只知道我们暂时不需要畏惧"黑烟"了。我突然意识到，我们不再被"黑烟"所包围了，这或许是逃走的好机会。当我意识到有一线生机时，我就充满了力量。但是牧师却好似无精打采，根本听不进去一样。

"我们在这里很安全，"他重复道，"这里真的很安全。"

我决定离开他——但愿这真的可以实现！回想起先前炮兵的教导，我现在变得聪明了，开始到处寻找食物和饮料。结果我找到了油和抹布，不过可以顺便处理自己身上的烧伤。我还在一间卧室里找到了一顶帽子和一件法兰绒衬衫。当他明白我的去意已决，并确实付诸行动了，他又突然起身，要和我一起走。整个下午一切都很平静，我们大约五点钟出发，沿着焦黑的公路前往森伯里。

在森伯里，沿路尸横遍野，无论是马，还是人，甚至翻倒的马车和洒满一地的行李，所有这些都被厚厚的黑色灰尘覆盖着。这种煤渣般的黑色灰尘让我想起了我读过的庞贝城毁灭[①]时的场景描述。带着

① 庞贝城毁灭：公元79年，庞贝城附近的维苏威火山突然喷发。滚滚浓烟和无数火星从山顶腾空升起，大量的石块和火山灰，把火山附近的地面全覆盖了起来。接着又下起暴雨，引起了山洪暴发。山洪挟带着无数石块和火山灰形成一股巨大的泥流，向山下猛烈冲去。庞贝，这座建于公元前六世纪的古城，就这样被埋没了起来。

满脑海的奇异惨象，我们终于顺利到达汉普顿宫[①]。这里犹如一片绿洲，躲过了令人窒息的“黑烟”，这让我们松了一口气。我们穿过布希公园，公园里的鹿在栗子树下跳来跳去，远处有一些人匆匆忙忙地朝汉普顿的方向跑去。就这样，我们来到了特威克纳姆。这是我们见到的第一批人类同胞。

在道路对面，远处汉姆和彼得沙姆外的树林里仍然火光冲天。特威克纳姆没有受到那股热射线或“黑烟”的破坏，这里有很多人，却无一能告诉我们发生了什么。大部分人都和我们一样，是趁着暂时的平静逃出来的。令我印象深刻的是，许多房子里仍然住着惊慌失措的居民，他们甚至吓得不敢逃跑。在这里，人们四处溃逃的痕迹也随处清晰可见。令我记忆犹新的是，三辆被损毁的自行车堆叠在一起，被驶来的马车碾到了路上。八点半左右，我们穿过了里奇蒙桥。当然，我们想赶紧渡过这个毫无遮蔽的桥面，不过我还是注意到溪水中漂着许多红色的东西，它们有的好几英尺宽。我不知道是什么，因为我没有时间去仔细观察。我也不敢想，我怕把它们想成什么更可怕的东西。在萨里郡这边，也有曾经被“黑烟”侵袭的迹象和许多尸体——在靠近车站的地方看到了很多。但直到我们向巴恩斯方向走了一段路，我们才看到了火星人。

四周伸手不见五指，我们在远处看到三个人沿着一条小路向河边跑去，除此之外，这里似乎一片荒凉。山上的里奇蒙镇正在熊熊燃烧，镇外则没有“黑烟”的踪迹。

就在我们快到邱园时，突然有许多人跑了过来，原来在离我们不

---

①汉普顿宫（Hampton Court Palace）：坐落在伦敦西南部泰晤士河边，是英国历史上最有争议的国王亨利八世的行宫，以其历史魅力和其园林的艺术风格闻名于世，素有“英国的凡尔赛宫”的称号。

到一百码远的房顶之上，露出了一台火星战斗机器的上半部分。我们惊恐地站在那里，深知自己的危险，如果火星人往下看，我们肯定会立刻丧命。我们被吓坏了，不敢继续往前走，只得转身躲进花园里的一个棚子里。牧师蹲在那里不停地默默流泪，再也不愿动身。

但是，我太想尽快到达莱瑟黑德，我不能休息，于是在黄昏时分，我又冒险走了出去。穿过了一片灌木丛，又沿着一幢大房子旁边的小路，终于踏上了前往邱园的路。先前被我留在棚子里的牧师，匆匆地追了出来，紧紧跟着我。

第二次出发是我做过的最愚蠢的事情。因为很明显，火星人就在我们周围。牧师刚追上我，我们就看到了一个战斗机器，远远地在草地上，朝着邱园旅馆的方向矗立着，不知道是不是之前看到的那一架。四五个小小的黑色身影在它前面穿过灰绿色的田野，跑得很快。很明显，这个火星人在追赶他们。它三步并作两步冲到他们中间，他们从它的脚下四散而逃。它没有使用热射线消灭他们，而是把他们一个个抓起来。显然，它把他们扔到了身后凸起的巨大金属容器中，这个容器与工人挂在肩上的篮子颇为相似。

这是我第一次意识到，火星人除了毁灭人类，可能还有其他目的。我们惊恐地愣在原地，不久后转身穿过身后的一扇门，逃进了一个有围墙的花园，幸运的是，我们找到了一条沟，其实更确切地说是掉进了那条沟里，捡回了一命。我们躺在那里，不敢发出声音，直到深夜降临。

我们鼓起勇气再次出发的时候，大约是晚上十一点了。我们不再冒险走大路，而是沿着树篱，穿过种植园，在黑暗中四处警戒，他负责右边，我来看左边，寻找可能潜伏在我们周围的火星人。在一个地方，我们无意中发现了一片焦黑的区域，现在已经冷却下来，变成了灰烬，还有一些散落的人的尸体，头部和躯干被烧得惨不忍睹，但腿部和靴子大多完好无损；被损毁的四门大炮和被砸坏的炮车排成一线。它们的后面，大概 50 英尺远的地方，还有一些死掉的马匹。

希恩似乎幸免于难，但这里却四下寂静无人。在这里，夜色太黑，我们无法摸清路况，但我们没有看到死人。这时，我的牧师同伴突然说自己又渴又晕，于是我们决定去其中一户人家寻找补给。

我们进入的第一栋房子是一栋半独立的小别墅，经过一番折腾，我们打开了窗户。我在屋里只找到了一些发霉的奶酪，除此之外没有任何其他食物。不过，幸好还有水可以喝，我还找到了一把斧头，这把斧头一定可以在我们之后破门时派上用场。

之后，我们又走了一段路，这是一条通往莫特莱克的路。路上有一栋白色的房子，四周是被墙围起来的花园。在这栋房子的食品间里，我们发现了一些食物——两块放在平底锅里的面包、一块没煮熟的牛排和半只火腿。我之所以如此详细地列出这些食物，是因为在接下来的两个星期里，我们都要靠这些食物过活。架子下面还有瓶装啤酒、两袋扁豆和一些蔫了的生菜。这个食品间通向一个类似于洗涤区的厨房，里面放着木柴；还有一个橱柜，我们在里面发现了将近一打勃艮第葡萄酒、罐装汤和三文鱼，以及两罐饼干。

我们不敢点灯，所以只好坐在漆黑一片的厨房里。我们吃了面包和火腿，还喝了一瓶啤酒。牧师仍然还是坐立难安，现在他竟然只想要继续前进，我只好劝他先吃点东西养精蓄锐，才好继续赶路。但正在这时发生了一件事情，让我们只得被困在那里。

“现在还没到午夜呢。”我说道。这时，一道刺眼的绿光闪过。厨房里的一切都被映成绿黑两色，清晰可见，但光线旋即又消失了。紧接着，我听到了从未听过的巨响。几乎就在同时，我身后又传来一阵闷响以及玻璃破碎的声音，砖石掉落的撞击声和响声，四周的砖石纷纷坠落，天花板的灰泥掉落下来，砸在我们头上，碎成无数片。我被冲击力撞得头朝前摔在地板上，恰好撞到了烤箱把手，晕了过去。我昏迷了很长时间，牧师后来告诉我，当我醒来时，绿光已经消失不见，我们又回到了黑暗中。他一直在朝我脸上淋水，想让我尽快苏醒。他脸上湿漉漉的，后来我发现那是他额头上被划伤流出的血。

有一段时间，我想不起来发生了什么。渐渐地，记忆一点点回到了我的脑海中，我太阳穴上的瘀伤似乎也在提醒着我发生了什么。

“你感觉好些了吗？”牧师低声问道。

我过了好一会儿才回答了他，之后慢慢坐了起来。

“别动，”他说，“地板上都是从碗柜上掉下来砸碎的餐具。你一动就会发出声音，我感觉他们就在屋子外面。”

我们俩一声不吭地坐着，几乎听不到彼此的呼吸声，四周一片死寂。但有一次，我们附近的一些东西，不知道是石膏还是破碎的砖块滑落下来，发出了持续的声响。外面非常近的地方，传来断断续续的金属撞击声。

“那个声音！”牧师在声音再次响起时说。

“是的，”我说，“但那是什么声音？”

“一个火星人！”牧师说。

我又仔细听了听。

我说：“这不像热射线。”有一段时间，我甚至怀疑是不是有一架大型战斗机器撞上了这幢房子，就像我曾看到的那架战斗机器撞上谢伯顿教堂的塔楼一样。

我们的处境是如此奇怪，令人难以捉摸，以至于在黎明到来之前的三四个小时里，我们几乎一动也不敢动。这时，有光线透了进来，但不是从窗户那儿，因为窗户仍然是漆黑的，而是从我们身后墙上的一根横梁和一堆碎砖之间形成的一个三角形小孔透进来的。我们第一次得以大致看清了厨房内部的样子。

花园里的泥土从窗户飞进来，掠过了我们坐过的桌子，散落在我们的脚边。屋外的泥土高高地堆积在墙角。在窗框顶端，我们可以看到一根被连根拔起的排水管。地板上到处都是被砸碎的五金件；厨房朝向房子的一侧被破坏了，日光从那里照进来，很明显房子的大部分已经坍塌。与这片废墟形成鲜明对比的是完好无损的碗柜，柜子是时兴的淡绿色，它的下面摆放着一些铜器和锡器，墙上贴着蓝白相间的瓷砖图案的贴纸，还有两张彩色的画报在厨房炉灶上方的墙壁上轻轻飘动。

天色渐渐亮了，我们透过墙壁的缝隙看到了一个火星人，我猜它正站在炽热的圆筒边上放哨。看到这一幕，我们只能尽可能小心翼翼地爬出昏暗的厨房，进入漆黑的洗涤间。

我突然想到这是怎么回事了！

“第五个圆筒，”我低声说，“来自火星的第五发子弹击中了这座房子，把我们埋在了废墟下！”

牧师沉默了一会儿，然后呢喃道：

“愿上帝怜悯我们！”

不久后，我听到他在一旁自顾自地啜泣着。

洗涤间里静悄悄的，只能听到他的呜咽声；我几乎不敢呼吸，眼睛紧紧盯着厨房门处微弱的光。我只能隐隐约约看到牧师的脸，呈椭圆形的黑影，还能看到他的衣领和袖口。外面开始响起金属敲击声，然后是一阵剧烈的啸叫声，安静了一会儿后，又响起了像发动机发出的嘶嘶声。我不知道这些声音是怎么回事，它们断断续续地持续着，而且随着时间的推移，似乎越来越多。不久之后，又发出了一阵有节奏的砰砰声，还伴随着震动，使得我们周围的一切都在颤抖，食品间里的器皿也不停地互相碰撞，发出响声。光线逐渐暗淡下来，厨房变得一片漆黑。我们在那里蹲了好几个小时，沉默不语，瑟瑟发抖，一直到我们疲惫地沉沉睡去……

过了很久，我才慢慢醒来，此时已经是饥肠辘辘。我想我们大概睡了一整天。我实在是太饿了，于是告诉牧师我要去寻找一些食物，然后摸索着向食品间走去。他没有回答我，但我刚开始吃东西，发出的微弱声响就把他惊醒了，他也向我这边爬过来。

二　废墟见闻

吃好后，我们蹑手蹑脚地重新躲回洗涤间，我大概是又睡着了，因为当我四处张望时，发现牧师已经不见了。持续敲打产生的震动声连绵不绝，让人心生厌恶。我小声喊着牧师，但他并没有搭理，于是我只好自己摸到了厨房门口。当时天还没黑，我看到他躺在厨房的另一边，从那个三角形的洞口观察着火星人。他蜷缩着肩膀，所以我看不到他的头。

我听到了一连串的声响，就像引擎的轰鸣声一样，这股声音敲打着房子，把它震得不停摇晃着。透过墙壁上的缝隙，我看到被染成了金黄色的树顶，傍晚，宁静的天空呈现出温暖的蓝色。我一直注视着牧师，过了一分钟左右，我向他靠近，蹲伏着前行，沿路上小心翼翼地躲避着满地的碎瓷片。

我碰了一下牧师的腿，他猛地一惊，一大块灰泥从外墙上滑落下来，发出巨大的声响。我紧紧抓住他的胳膊，生怕他喊出声来，我们一动不动地蹲了很久。然后，我转过身去检查我们这一“庇护所”的破坏情况。方才脱落的灰泥使得瓦砾中产生了一条长长的缝隙，我小心翼翼地跨过一根横梁，从这个缝隙中看到静谧的郊区道路一夜之间已然发生了翻天覆地的变化。

第五个圆筒一定是正好砸中了我们第一次造访过的房子。那里早已被夷为平地，化作粉尘。圆筒现在位于原来的地基下方深处，在一个坑里，这比我在沃金看到的那个坑要大得多。它周围的泥土在巨大的冲击力下飞溅起来——“飞溅”是唯一可以形容这个场面的词语——它们落下后堆在了一起，遮盖住了附近的房屋。这场景就好像有一柄铁锤猛烈地砸进了泥浆一样。我们躲藏的房子还是塌了下来，房子的前半部分，甚至是地基，都被完全摧毁了；只有厨房和洗涤间侥幸逃过一劫，现在被埋在废墟之下。四面都被成吨的泥土包围着，唯有面向圆筒的那一面仍可通过。据此来看，我们现在正处于火星人挖出来的圆形大坑边缘，沉重的敲击声显然就在我们身后。从小孔向外望去，一股绿色蒸汽像帘幕一样掠过我们的视线，时隐时现。

巨坑中央的圆筒已经打开，在坑另一侧的边缘，是被砸碎的灌木丛，堆满了碎石，其中立着一台巨大的战斗机器，它被遗弃在那里，主人已经离去，在傍晚的余晖中高高地矗立着。我本应该最先描述这个巨坑或是圆筒的，但现在我却并没有在意它们，因为那里有一个看上去有些不可思议的机械装置正在忙碌地挖掘着什么，还有一些奇怪的生物在它附近堆积着的土壤上缓慢而艰难地爬行。

首先吸引我注意的当然是那个装置。它后来被称为操作机器，人们不断研究着它的复杂构造，这极大地推动了地球上各种发明创造的诞生。我首先看到的是一个像金属蜘蛛的东西，它有五条关节灵活的腿，身体上有大量可伸缩的控制杆，长条状物体和伸缩自如且抓放有力的触手。它的大部分触手都收缩着，只有三条长长的触手从圆筒里抓取出一些长杆、金属板和小棒，这些东西的作用明显是使得圆筒壁更加牢固。这些东西被放到了身后的一块平地上。

它的动作是如此迅速、复杂，却又如此完美而无可挑剔，以至于虽然它是一个散发着金属光泽的玩意儿，但我却并没有把它看成是一台机器。战斗机器的协调性和灵活性已然达到了近乎完美的境界，不过仍然不能与之相比。那些从未亲眼见过的人，只能依赖艺术家幻想出的拙劣作品，抑或是像我这类目击者残缺的描述，这样是很难真正地理解那种栩栩如生的质感的。

我尤其记得最早描写这场战争的一本小册子中的插画。这位画家显然是匆忙间看到过一台战斗机器，仅此而已。他把火星战斗机器描绘成了一个倾斜的、僵硬的三脚架，既缺乏灵活性又没有细腻感，整体效果单调乏味，充满了误导。这本带插画的小册子曾风靡一时，我在这里提到它们，只是为了提醒读者不要被它们可能造成的印象所迷惑。这些插画与我亲眼所见的火星人相比，就像娃娃与真人之间的差异一样巨大。在我看来，这本小册子如果没有插画会好得多。

最开始的时候我曾说过，那个庞大的操作机器给我留下的印象并不像是一个机器，而像是有着闪闪发光的外皮的螃蟹一样的生物，控制着它的火星人，其纤细的触手驱动着它的运动，似乎只是相当于螃蟹的大脑部分。后来，我发现它有着灰褐色的皮革质地的闪光外壳，这与其他爬行生物颇为相似，我恍然大悟，这只不过是一架灵巧一点儿的机器罢了。意识到这一点后，我的关注点再次转移到了其他生物身上，也就是真正的火星人。我已经对它们有了大概的印象，最初我看到它们的时候还会忍不住地恶心，但现在再也不会对我的观察造成任何影响。我仍然躲在一旁静静观察，并没有急于采取行动。

我终于看清了，它们的外貌令人难以想象。它们的身体，或者说是头部，呈巨大的圆形，直径约 4 英尺，身体的前面是一张脸。这张脸没有鼻孔——事实上，火星人似乎没有任何嗅觉，但它有一对非常大的深色眼睛，在这对眼睛的下面有一个鸟喙般的尖嘴。在这个头或身体的后面——我不知道该怎么形容——是一个紧绷的膜状表面，从解剖学上讲，它是一个耳朵，不过它处于地球稠密的空气中，这对它来说肯定几乎毫无用处。嘴巴周围有十六根像鞭子一样细长的触须，分成两束，每束有八根。这些触手后来被杰出的解剖学家豪斯教授命名为“手”，这真是太贴切了。当我最初看到这些火星人时，它们似乎正在努力用这双“手”将自己举起来，当然，地球上的重力比火星要大得多，因此这是不可能的。但我们有理由相信，在火星上它们很有可能就是靠这双“手”移动的。

这里我再说明一下，根据后来的解剖表明，它们的内部结构同样非常简单。里面大部分是大脑，与眼睛、耳朵和触手通过巨大的神经相连。除此之外，还有硕大的呼吸器官，直接与嘴部相连，另外还有心脏及血管。相比火星，地球上更稠密的大气和更大的重力会造成它们难以呼吸，它们外层皮肤不停地抽搐就是最好的证明。

这就是火星人全部的器官。对于人类来说，有一件非常奇怪的事情，要知道构造复杂的消化系统占据了人类身体的大部分，然而在火星人身上却并没有这样一个器官。它们本身就是一个头，是的，除了头什么都没有了。它们没有内脏器官，它们不会进食，更不用说消化了。其实，它们靠吸食其他生物的新鲜血液为生，然后注入自己的血管。我目睹过这一过程，也会在适当的时候对其详细说明。可能是我神经比较脆弱吧，这一场景让我甚至无法忍受继续看下去，所以我现在无法对其进行描述。我只能这么说：它们从活着的动物身上取得的血液（大多数情况下是人类），都是直接用一个小吸管状的东西吸入受血管道的。

毫无疑问，这样的做法令我们毛骨悚然，但与此同时，我们应该意识到，如果兔子也会思考，那么我们作为肉食者对它们来说也会是一件可怕的事情。

人类的时间和精力大量消耗在进食和消化的过程中，所以，火星人通过注射获取营养的方式在生理上的优势是毋庸置疑的。我们的身体有一半是由腺体、器官和各类管腔组成的，它们将各种摄入的食物转化为血液。这个消化过程及其对神经系统的影响会消耗我们的体力，影响我们的思考。人类的情绪会因为他们的肝脏或脾胃是否健康而产生波动，但火星人却可以无视这些情绪与情感。

它们无疑更加偏爱把人类作为它们的营养来源，这在一定程度上可以从火星人从母星带来的受害者遗骸上找到解释。根据后来落入人类手中的干瘪尸体可知，受害者属于两足动物，有着脆弱的硅质骨架（几乎与硅质海绵一样）和薄弱的肌肉组织，身高将近 6 英尺，头圆圆的，有着很大的眼睛和深邃的眼窝。每个圆筒里似乎都有两三只这样的食物，在到达地球之前就被全部杀死了。对它们而言，这或许不是一件坏事，因为在我们的星球上，仅仅是试图站立就会让它们的每根骨头都断裂。

与此同时，我还想在这里补充一些细节，这些细节在当时并不在我们的认知范围内，但了解这些细节可以让读者更清楚地了解这些令人心生畏惧的怪物。

火星人的生理结构与我们人类有三点显著不同，颇为奇特。首先，它们没有睡眠，就像人的心脏从不停止工作一样。由于它们没有广泛的肌肉组织，无须恢复体力，因此它们全然不知何为周期性体力衰竭。它们几乎没有或者说从不感觉到疲惫。在地球上，它们想要移动是一件十分困难的事情，一天有二十四个小时，它们就要运作二十四个小时。但即便用尽最后一分气力，它们也始终保持运转，正如地球上的蚂蚁一样勤劳。

其次，火星人并不具备性别之分，因此它们也没有人类的七情六欲，这一点令我们这个两性世界惊诧万分。现在我们已经十分明确，战争期间，有一个火星人幼崽确实在地球上降生了。它附着在成体外星人身上，像一株植物的芽长了出来，已经长成一半，类似于百合花球茎萌发新芽，或者像淡水中的水螅母体分裂出幼体那样。

在人类和所有高等陆生动物中，这种繁殖方式已经消失；但即使在地球上，这也肯定算得上是最原始的方式。在较低等动物中，甚至在那些脊椎动物的近亲——尾索动物，起初也是这两种方式并存，但最后仍然是有性繁殖更胜一筹，取代了无性繁殖。然而，火星上的情况则恰恰相反。

值得一提的是，早在火星人入侵之前，某位天马行空的作家，凭借着他那半吊子科学家的名望，曾经预言了人类的终极形态，结果与真实的火星人如出一辙。我记得，这篇预言被刊登在 1893 年 11 月或 12 月的《蓓尔美街报》上（该杂志现在已经停刊了）。我还记得当时《潘趣》杂志上有一幅漫画，以一种诙谐幽默的笔调指出，人类四肢终将被日益精进的机械设备所取代；消化功能也会被精致的化学装置代替；头发、鼻子、牙齿、耳朵和下巴等器官已不再是人类的重要组成部分，它们将在岁月的变迁中随着自然选择而不断退化。只有大脑仍然是最重要的必需品，身体的其他部分则只有手作为重要器官被保留下来，它是“大脑的导师和媒介”。当身体的其他部分逐渐萎缩时，手会变得越来越大。

尽管文章以诙谐的笔触写就，但其实颇有道理。在火星人身上，我们看到具有动物属性的器官受到压制，智慧占据了主导地位，这一点是毫无疑义的。在我看来，火星人可能也是从与我们相似的生物进化而来，它们的大脑和双手（后者最后演变为了两束纤细的触手）都是以牺牲身体的其他部分为代价逐步发展起来的。当然，如果没有身体，大脑便理所应当地变为一种自私的智慧载体，不再具备任何人类的情感基础。

最后一点的不同，是在一个人们可能认为非常微不足道的细节上。在地球上造成如此多疾病和痛苦的微生物，要么从未在火星上出现过，要么火星医学早就把它们消灭了。人类生活中的各种病痛，包括发烧和传染病、肺痨、癌症、肿瘤和其他病症，都从未出现在火星人的身上。说到火星生命与地球生命的不同之处，我也不得不提到一种奇特的红草。

显然，火星上的植被不是以绿色为主，而是呈现出鲜艳的血红色。无论如何，火星人有意无意带来的种子在任何情况下都会生长出红色的植物。然而，只有一种植物在与地球植物的竞争中获得了一席之地，它被称为“红草”。这种红色植被只短暂地生长过一段时间，鲜为人知。其实，有一段时间，红色野草生长得惊人的茂盛。在我们躲在废墟中的第三、第四天时，它就蔓延到了巨坑的两侧，仙人掌般的枝条在三角形的窗边形成了一道胭脂红色的痕迹，宛如红色帘幕一般。后来，我发现它在各地都已经迅速蔓延，尤其是在有水流的地方。

火星人脑袋（身体）背后长着一块圆形鼓膜，似乎是听觉器官。它们的视觉范围与我们的相差无几，不过根据菲利普斯的研究，它们会把蓝色和紫色看成黑色。通常认为，它们是通过声音和触手进行交流的。例如，我先前提到过的那本匆忙编撰的小册子（显然其作者未曾亲眼见过火星人）就断言了这一点，不过小册子写得还是挺好的，到目前为止，它仍然是有关火星人的主要信息来源。现在，没有一个活人能像我一样看到过那么多火星人的行动。我不认为这是因为我的运气好，不过事实就是如此。我敢肯定地说，我一次又一次地仔细观察过它们，我看到过它们中的四个、五个，还有一次是六个火星人在一起小心翼翼地做着最精细复杂的事情，既没有发出声音，也看不出什么手势。在进食之前，它们总是发出奇特的叫声。这种叫声没有节调，而且我相信，从任何意义上讲，这都不是一种信号，而仅仅是吸食前的排气过程罢了。在这个问题上，我坚信——就像我对其他任何事情一样——火星人在交流时不需要任何的肢体语言，尽管我对此曾颇有成见，但如今的我坚信这一点。也许有读者记得，在火星人入侵以前，我对心灵感应理论是嗤之以鼻的，甚至专门写过文章来表达强烈的反对。

火星人不穿衣服，它们对装扮和礼仪的观念必然与我们不同。它们不仅对温度变化的敏感性比我们要差得多，而且压力的变化似乎对它们的健康也没有什么严重的影响。然而，尽管它们不穿衣服，但它们懂得利用其他人造制品作为附属物，从而成为它们身体资源的一部分，这一点比人类强多了。我们人类有自行车和溜冰鞋，有利林塔尔[①]滑翔机，有枪和棍棒，等等，但这些仅仅是火星人的开胃菜而已。它们实际上已经变成了纯粹的大脑，只用像人穿衣服那样穿戴上不同的躯体，比如赶时间的时候就骑自行车，下雨天的时候就打雨伞。在它们的装置中，也许对人类来说最奇怪的莫过于：几乎所有人类装置

① 奥托·利林塔尔（Otto Lilienthal），是德国工程师和滑翔飞行家，被誉为“滑翔机之父”。他最早设计和制造出实用的滑翔机，对航空领域做出了重大贡献。

都有的部件——轮子——是并不存在的。在它们带到地球上的所有东西中，没有任何使用轮子的证据。人们认为轮子在运动中是不可或缺的。在这里值得注意的是，即使在地球上，自然界也从未有过轮子，或者说，更倾向于用其他方式来代替轮子。火星人要么根本不知道什么是轮子（这是不可思议的），要么刻意避免使用轮子，而且在它们的装置中，固定支点或相对固定支点的使用也少得出奇，其圆周运动仅限于一个平面。几乎所有的机械接头都是由滑动部件组成的复杂系统，这些滑动部件在小巧而呈弧形曲线的摩擦轴承上移动。对于这个细节，值得注意的是，在大多数情况下这些机器的长腿都是由一种装在弹性护套里的圆盘所驱动，类似人类的肌肉组织；当电流穿过这些盘状类肌肉组织时，它们就会被极化，并被紧密有力地牵引到一起。火星人正是通过这种方式实现运动的，这对人类来说是如此奇异而可怕。

我第一次从狭缝中窥视时，我看到那个螃蟹一样的搬运机器正在拆卸圆筒。在夕阳的余晖中，它似乎比躺在外面的火星人更有活力，那些火星人气喘吁吁，触须无力地摆动着，在经历了漫长的太空之旅后，它们还在艰难地挪动着。

当我还在观察它们在阳光下迟缓地移动，并想看清它们身上的一些奇怪的细节时，牧师猛地拉了拉我的胳膊，提醒我他还在旁边。我转过身去，看到的是他紧皱的眉头和翕动的嘴唇。他也想看，但这条缝隙只够一个人从中窥视，因此，我只好把这个位置让给了他。

当轮到我再看时，那台忙碌的搬运机器已经把圆筒里取出的几个部件组装成了一台与它一模一样的机器。在左边，一个忙碌的小型挖掘装置出现在我的视线里，它喷射出绿色的蒸汽，在坑里转来转去，有条不紊地进行着挖掘和筑堤的工作。我们这个废墟般的避难所之所以不停地震动，正是它发出的有规律和节奏的敲击声导致的。它一边工作，一边发出尖啸声。我认为，它并不需要火星人在旁指挥。

三　囹圄困囿

第二台战斗机器到来了，我们只能从窥视孔逃到洗涤间里躲起来，因为我们担心火星人从高处能看到躲在屏障后的我们。后来，我们感觉到它对我们造成的威胁逐渐减少，因为外面的阳光非常刺眼，看到的东西都是一片漆黑，尤其是我们躲藏的地方。但只要它们一靠近，我们还是会非常紧张，慌慌张张地躲进厨房。然而，尽管我们已经身处险境，窥探的吸引力对我们俩来说却是无法抗拒的。现在回想起来，我还有点惊讶，尽管我们肚子饿得咕咕叫，甚至是面临着更可怕的死亡，但我们竟然为了这可怕的窥视特权而大打出手。我们争先恐后地穿过厨房，想加快脚步却又害怕发出声音，甚至彼此拳打脚踢，离暴露自己仅仅咫尺之遥，整个场面荒诞至极。

事实上，我们的性格、思维习惯和行动方式完全不相容，而我们现在正被危险和孤寂缠身，这更是火上浇油了。在哈利福德，我已经开始讨厌牧师愚蠢僵化的思想。他那没完没了的喃喃自语，使我每一次都无法冷静思考对策，有时甚至把我压抑的情绪逼得快爆发了。他就像一个傻女人一样不懂得如何克制。他会一连哭上几个小时，而且我真的认为，他就像一个被宠坏的孩子一般，以为只要哭泣就可以解决问题。我坐在黑暗中，被他唠叨得心烦意乱。他吃得比我多，我告诫他，我们唯一的生存机会是待在房子里，直到火星人挖完他们的大坑，我们必须要待上很久，所以要有充足的食物才行。但他仍旧不听劝，依然不管不顾地胡吃海喝。他甚至都不怎么睡觉。

随着时间的推移，他完全不顾一切的任性之举导致我们的处境更加糟糕了，我虽然非常不愿意这么做，但眼下我别无他法，只好对他大打出手。这让他暂时恢复了理智。但他是那种软弱的人，没有自尊心，胆小又可恨，心里充满了阴谋诡计。他不敢面对上帝，不敢面对他人，甚至也不敢面对自己。

回忆这些事情对我来说是很不愉快的，但我还是把它们写下来，这样我的故事才会更加完整。如果没有经历过生命中的黑暗，可能会认为是我暴躁的性格导致了最终的悲剧。人们可以分辨出孰是孰非，但并不清楚人在困境与绝望中会做出什么样的举动。相反，那些穷困潦倒，生活在阴影之中的人会更能体会我的苦衷。

废墟下面一片漆黑，但这并不影响我们为了争抢食物与饮料而低声争吵、拳打脚踢，甚至大打出手。废墟外面，在无情的六月烈日下，是火星人在巨坑中忙碌的身影，而地球人类对它们忙碌的内容一无所知。现在让我再次回顾一下当初见到这些家伙工作的新鲜感受。过了很久，我又冒险回到窥视孔前，发现已经有至少三台战斗机器前来增援。它们还带来了一些新的工具，并有序地摆放在圆筒周围。第二台搬运机器已经完工，正在忙着搬运大型机器带来的一个新奇装置。这是一个外形酷似牛奶罐的物体，上面摆动着一个梨形容器，白色粉末从容器中流向下面的一个圆形盆子。

造成振动的是搬运机器的一只触手。机器的两只触手将黏土挖出并抛入上面的梨形容器中，第三只触手则不时地打开机器中部的一扇门，从中清理出生锈发黑的黏土。还有一只坚硬的触手把圆形盆里的粉末沿着一条菱形通道引向某个容器里，但我看不到它。容器中不时升起一缕缕绿色的烟雾，直直地向天上飘去。正当我观望之际，操作机器发出细微而悦耳的叮当声，原本一个微微凸起的部位伸出来一根触手，触手不停移动，直到它的末端插入黏土堆中。下一瞬间，它举起了一根新鲜出炉、闪烁着耀眼金属光芒的白色铝条，将它放进了巨坑边不断堆高的铝条堆里。这台灵巧的机器不分昼夜地从粗糙的黏土中制造出了一百多条这样的铝条，而那堆泛着蓝光的灰尘也在不断堆高，直到填满了这个巨坑。

这些机器可以如此迅速地完成如此多的复杂操作，但它们的主人却是那么地迟缓与笨拙，这是一组多么强烈的对比！我不得不时刻提醒自己，那些笨拙的家伙才是两者之中有生命的存在。

牧师从小孔里看到了火星人运来了第一批人。我当时坐在下面，蜷缩着身子，竖起耳朵认真听着。他突然向后退了一步，我害怕我们被发现，赶忙蹲了下来。他顺着那些碎瓦砾滑下来，摸黑爬到了我身边，语无伦次地比画着，有那么一瞬间，我和他一样惊慌失措。他比画着让我去缝隙看看，过了一会儿，在好奇心的驱使下，我站了起来，跨过他，爬到上面，凑到了缝隙旁。起初，我看不出他为何如此惊慌。暮色已经降临，星星暗淡无光，但坑洞被炼铝炉里闪烁的绿色火光照得通明。整个画面由闪烁的绿光和变幻的黑影组成，奇怪而难以言说。蝙蝠飞进飞出，对周围的一切丝毫不在意。蓝绿色的粉末堆已经垒得很高，将这些行动迟缓的火星人遮挡到看不见了。一架战斗机器收起了“腿”，退到了巨坑的一边。机器不断发出响声，我似乎听到了有人的动静，但并没有过多在意。

我蹲下身，仔细观察这台战斗机器，终于看清罩子里确实有一个火星人。当绿色的火焰升起时，我可以看到它的皮肤油光闪烁，眼睛瞪得大大的。突然，我听到一声尖叫，只见一条长长的触手从机器的肩膀伸向它背上的小笼子。接着，一个东西剧烈地挣扎着，被高高举起，但它在星光的映照下，只是一个黑色而模糊的影子；当这个黑色

的东西再次被放下时，我透过绿色的亮光得以看到那是一个人。就在这瞬间，我全都看清了：他是一个身材魁梧、面色红润、衣着光鲜的中年男子；三天前，他或许还是一个行走江湖、颇有声望的人。我可以看到他瞪大的眼睛，以及他的领扣和表链上反射出的光芒。他消失在土丘后面，一时间寂静无声。然后，火星人开始发出兴奋的叫声，持续了很久。

我顺着瓦砾滑下来，挣扎着站起来，用手捂住耳朵，冲进了洗涤间。我走时，一直双手抱头默默蹲着的牧师抬起头来，看到我将要把他抛弃在那里，无声地大喊起来，赶快跑过来追上我。

那天晚上，我们一直躲在洗涤间里，窥视到的景象让我们既恐惧又兴奋。我认为我们不能就这样坐以待毙，但我对于如何逃脱却毫无头绪；好在第二天之后，我就能够非常清晰地开始考虑我们的处境了。我发现，牧师已经完全没有能力进行交流了，最近发生的惨不忍睹的那一幕已经彻底剥夺了他残存的所有理智。实际上，他已经沦落到与禽兽无异的地步了。但常言道，遇事不乱，处变不惊。在我认清了现实以后，逐渐开始意识到，尽管我们的处境很糟糕，但并不是毫无希望。火星人有可能把坑洞仅仅作为一个临时营地，这或许是最好的情况。或者，即使这里就是它们的根据地，它们也可能有疏于防范的时候，那时我们就有机会逃脱。我还想到过是否可以往相反的方向挖一条地道，但这可能会遇到侦察的战斗机器。况且牧师是肯定指望不上的，我只得亲力亲为。

如果我没记错的话，那个小伙子是在第三天被杀的。这是我唯一一次亲眼看到火星人进食。目睹过这一惨状后，我大半天都不敢再靠近墙洞。我走进洗涤间，移开门板，尽量安静地用斧头挖了几个小时，但当我好不容易挖出一个几英尺深的洞时，松软的泥土哗哗地坍塌下来，又把洞给填满了。我心灰意冷，放弃了继续挖掘的念头，在洗涤间的地板上躺了很久，一动也不想动。从那以后，我彻底打消了挖掘地道逃生的念头。

火星人真是强大的存在，以至于起初我根本不敢想我们可以击垮它们，以此重获自由。但到了第四天还是第五天晚上，我听到了类似重炮的声音。

当时已是深夜，月光皎洁。火星人带走了挖掘机器，除了矗立在坑道较远处的一台战斗机器和埋在窥视孔下方的坑道角落里的一台搬运机器，这个地方已经被他们遗弃了。除了装卸机器发出的微弱光亮，以及斑驳皎洁的月光，坑里一片漆黑；除了装卸机器在叮当作响，坑里静悄悄的。那个夜晚是那么美丽而宁静；月亮似乎独占了整个天空，只有一颗星星为伴。我听到了狗的叫声，那熟悉的声音让我侧耳倾听。接着，我又清楚地听到了轰隆隆的声音，就像大炮的声音。我数了数，一共有六声，隔了很久又是六声巨响。之后声音便消失了。

四　牧师之死

在我们被困住的第六天，我最后一次窥探时，发现只有我一个人。牧师并没有再与我争抢这个珍贵的窥视孔，而是回到了洗涤间。我突然想到什么，马上悄悄地跟了过去。在黑暗中，我听到了牧师喝酒的声音。我在黑暗中伸手抓去，是一瓶勃艮第葡萄酒。

我们争抢了许久，直到酒瓶掉在地上摔碎了，这才停了下来。但我们又气喘吁吁地站起来，互相说着威胁的话。最后，我将他与食物分开，告诉他我决心开始定个规矩。我把食品间里的食物分成了十天的口粮。那天我不让他再吃任何东西。下午，他趁我睡觉时又打起了食物的主意。我本来在打瞌睡，但瞬间就惊醒了。整整一天一夜，我们面对面坐着，我疲惫不堪，但仍坚定地守护着我们仅存的口粮；他哭哭啼啼，控诉着他眼下已经饥饿不堪。我知道，当时仅仅是过了一天，但我现在回想起来，也真是度日如年了。

就这样，我们越来越不相容的关系最终以破裂而告终。在之后漫长的两天时间里，我们互相在暗地里较劲。有几次我疯狂地对他拳打脚踢，有几次我对他好言相劝，甚至有一次我为了从雨水泵取水喝，还试图用最后一瓶勃艮第葡萄酒收买他。但不管是武力还是仁慈都无济于事，他已经实实在在地失去了理智。他仍然每时每刻觊觎着食物，更是喋喋不休地自言自语。他也完全不遵守我为了我们可以平稳度过被困在这片废墟下而制定的规则。慢慢地，我开始意识到他的理智已经完全丧失，在这一方黑暗中变成了一个彻底的疯子。

我有一些记不清了，但我有几次大抵是要被这绝望吞噬的。每晚睡觉我都会做噩梦。这听起来或许很矛盾，但我认为恰恰是牧师的软弱与狡猾时刻提醒着我，让我保持理智。

第八天，他开始大喊大叫，而不再保持安静，我怎么劝说都是无济于事。

“上帝啊，这是公正的！”他一遍又一遍地说，“这是公正的。对我和我族人的惩罚是公正的。我们有罪，是我们做得不够。贫穷、悲伤充斥着我们，穷人被踩在脚下，而我却只能保持沉默。我宣讲的是无谓的愚昧之言——我的上帝，这是多么愚蠢！我本该奋起反抗，尽管我会为此而死，但也要呼吁众人悔罪——悔罪！……饱受困苦与贫穷的人啊……神的酒榨[①]！”

①神的酒榨：在圣经《启示录》第 14 章第 19～20 节中，酒榨被描述为末世时期神愤怒倾泻之地。

然后，他话锋一转，乞求我给他一些吃的。他不停哀求、哭泣，最后甚至开始威胁。他提高嗓门——我恳求他不要这样。他察觉到了我的担忧，于是他威胁说他要大喊大叫，让火星人来对付我们。一时间，我被吓住了；但任何的让步都会减少我们逃生的机会，这样做的后果是难以估量的。虽然我担心他真的会大叫出来，但还是竭力遏止了他，好在那天他并没有这么做。在第八天和第九天的大部分时间里，他的嗓门仍然在慢慢提高——时而威胁，时而恳求，夹杂着半疯半傻又空洞伪善的忏悔，忏悔自己有愧于主的托付，这让我对他产生了怜悯。过后，他睡了一会儿，醒来后又精力充沛了起来，声音大到我不得不让他住嘴。

“别出声了！”我恳求道。

黑暗中本来坐在铜器旁边的牧师直起了身体。

“我已经压抑太久了，”他说，这是巨坑里一定可以听到他声音的程度，“现在我必须做我的见证。这个不忠的城市有祸了！祸哉！祸哉！祸哉！听其余号的声音啊[①]，地球上的民——祸哉！祸哉！祸哉！”

“闭嘴！”我站起来惊恐地说，生怕我们被火星人发现，“看在上帝的分上。”

“不，”牧师扯着嗓子喊道，同样站了起来，伸开双臂，“说吧！我就是主的祷告！”

他三步并作两步来到厨房的门前。

“我必须要做我的事情！我要去了！已经耽搁太久了。”

---

①听其余号的声音啊：引自《圣经·新约·启示录》第8章第13节：“接着，一只鹰在半空中飞翔，大声宣告‘有祸了！有祸了！世上的居民有祸了！还有三位天使要吹响号角’。”天使吹响七号角标志着末日审判的到来。

我伸手拿到了挂在墙上的切肉刀，转眼间，我就追了上去。我吓得魂飞魄散。他还没走到厨房中央，我就追上了他。最后时刻人性提醒着我，于是我收起刀刃，用刀柄重重打在他身上。他一头栽倒在地上。我跌跌撞撞地跑过去，气喘吁吁地站在他旁边。而他躺着一动不动。

突然，我听到外面传来一阵响声，是灰泥滑落的声音，墙壁上的三角形孔洞也被遮住了。我抬头一看，只见一台搬运机器的底座表面正缓缓地经过洞口。它的一只抓手在瓦砾中卷曲着；另一只抓手则伸了出来，在倒下的横梁上摸索着。我被吓得愣在原地。然后，我透过靠近机身边缘的一块玻璃板，看到了一张像“脸”的东西，火星人正在用那双又大又黑的眼睛在窥视着什么，接着，一条长如蛇一般的金属触手慢慢地从洞口钻了进来。

我吃力地转过身，踉踉跄跄地跨过倒地的牧师，跑到了洗涤间的门口。触手在房间里不断延伸，大概有两码远，在房间里扭来扭去，方向不定，动作怪异。我甚至一度看呆了。然后，我不自主地低声呢喃起来，随后全力跑进了洗涤间。我剧烈地颤抖着，双腿几乎快要站不稳了。我打开煤窖的门，站在黑暗中盯着厨房的微弱灯光，双耳认真聆听着动静。火星人看见我了吗？它现在正在做什么？

有什么东西在门口来回移动着，它发出轻轻的声音；它不时地敲打着墙壁，发出微弱的金属声，就像钥匙在钥匙环上滑动一样。然后，一个巨大的物体——我太清楚是什么了——被拖着穿过厨房的地板，朝门口走去。我忍不住想要窥视，于是蹑手蹑脚地走到门边，偷看着里面的情况。借着三角形洞口明亮的光照，我看到火星人正用它百臂巨人一样的搬运机器仔细观察着牧师的头部。我立刻不由得担心起来，它一定会从我打他留下的痕迹中推断出我的存在。

我又轻手轻脚地回到煤窖，把门关上，在黑暗中尽可能悄无声息地藏在里面的木柴和煤炭下面。我时不时停一下，仔细辨别着火星人是否又把触角伸进了洞口。

这时，微弱的金属叮当声又响了起来。我慢慢地在厨房里寻找着它的踪迹。我认为它就在洗涤间里。我希望，它的长度可能不足以伸到我这儿。我虔诚地祈祷着。它轻轻地蹭着地窖的门滑过去了。我悬着的心终于放了下来，可突然我听到它在门闩上摸索的声音！它找到门了！火星人竟然懂得开门！

它在门闩上捣鼓了一会儿，然后门被打开了。

在黑暗中，我勉强看到那东西——正如大象的鼻子一样向我挥舞着，顺着墙壁、煤炭、木头和天花板滑动。它就像一条黑色的虫子，来来回回、漫无目的地摇着它的瞎脑袋。

有一次，它甚至快要碰到了我的鞋跟。我快要失声尖叫起来，我赶忙咬住了自己的手试图冷静下来。一时间，触手没了声息。我还以为它被收回去了。突然，咔嚓一声，它抓住了什么东西——我以为它抓住了我！——但它似乎又退出了地窖。我一时间不敢确定。显然，它是拿了块煤去做详细的检查。

我抓住这个机会，在本就不大的空间里得以挪动一点位置，然后继续听着它的动静。我低声祈祷着平安无事。

然后，我又听到那渐进的滑动声向我逼近。慢慢地，慢慢地，它靠近了我，敲打着墙壁和周围的家具。

就在我还在揣摩它的动向时，它飞快地滑出了地窖，恰好把门给关了起来。我听到它进了食品间，饼干罐发出嘎吱嘎吱的响声，一个瓶子被打碎了，然后是一阵沉重的撞击声。之后是一片寂静，寂静过后只留下了无限的悬念。

它走了吗?

最后我断定它走了。

它再也没有来过洗涤间。但第十天，我在黑暗中躺了整整一天，被埋在这些煤炭和木柴中，甚至不敢爬出来喝水。直到第十一天，我才敢离开我的庇护所。

五　一片死寂

在进入食品间之前，我做的第一件事就是把厨房和洗涤间之间的门关上。但里面空空如也，所有的食物都不见了。显然，火星人在前一天已经把所有东西都拿走了。这一景象使我第一次感到绝望。第十一天或第十二天，我不吃不喝，一直强忍着。

我口干舌燥，体力明显下降。我坐在伸手不见五指的洗涤间里，陷入了痛苦的绝望之中。我一门心思只想赶紧找到吃的东西。我以为自己聋了，因为我完全听不到周围外星人的动静了。如果不是这副虚弱的躯体无法支撑我悄无声息地前去查看窥视孔，我早就过去了。

第十二天，我的喉咙干燥得疼痛难忍，于是我抱着一丝不会惊动火星人的侥幸心理，用水槽旁吱吱作响的雨水泵打了几杯发黑发臭的雨水。但这已经足以让我恢复一点精神，而且我的抽水声没有引起任何外星人的注意，这让我又重拾了信心。

在这几天里，我不着边际地想了很多关于牧师和他是如何死亡的事情。

第十三天，我又喝了一些水，打起了瞌睡，满脑子只想着可以吃点什么，以及那荒谬的逃跑计划。每当我打瞌睡的时候，我就会做奇怪的梦，梦见牧师的死，或者梦见一顿丰盛的晚餐。但是，不管我是不是醒着，我的嗓子都会不时感到一阵剧痛，我只得不停地喝水。照进洗涤间的光线不再是灰色的，而是红色的。我不敢仔细去想，因为那似乎是血的颜色。

到了第十四天，我走进厨房，惊奇地发现红草的叶子已经长满了墙洞，把这一片昏暗的厨房映成了深红色。

第十五天一大早，我听到厨房里传来了一阵奇怪而熟悉的声音，听着听着，我认出来那是狗的鼻息声和抓挠声。我走进厨房，看到一只狗把鼻子从红草叶子的缝隙中探了进来。这让我大吃一惊。狗闻到我的气味，马上就叫了起来。

我想，如果我能把它引诱到我的身边，也许就能把它杀死吃掉。无论如何，最好还是把它杀死，以免它引起火星人的注意。

我蹑手蹑脚地走上前去，轻声说："好狗！"但它突然把头缩了回去，跑得不见了踪影。

我知道我没有聋——我一直在听着。但坑里肯定是静悄悄的。我听到了像鸟扇动翅膀的声音，还有低沉的呱呱声，但也就仅此而已了。

我紧贴着窥视孔躺了很久，但不敢挪动遮住窥视孔的红草叶子。有那么一两次，我听到远处沙地上传来微弱的"嗒嗒"声，就像狗的脚步声，还有更多类似鸟叫的声音，此外就没有其他动静了。我确信没有任何动静后，我才向外窥探着。

巨坑的一个角落里，一群乌鸦在外星人留下的几具尸体上蹦蹦跳跳，你争我抢地啄食着。除此以外，坑里没有其他活着的东西了

我紧盯着，几乎不敢相信自己的眼睛。所有的机器都不见了。除了一个角落里的一大堆灰蓝色粉末，另一个角落里的一些铝条，那群黑色乌鸦以及死人的骸骨，这里只不过是留在沙地上的一个空荡荡的圆形大坑。

我小心翼翼地从红草丛中间钻出来，站在了碎石堆上。在这里，任何方向都看不到火星人，或是它们遗留的迹象，除了北方，那在我的身后，我看不到。这个巨坑又深又陡，但沿着碎石堆走一小段路，就能看到一个斜坡，我可以从那里爬到废墟的最高处。我意识到逃生的机会来了。不知是紧张还是兴奋，让我瑟瑟发抖起来。

我犹豫了一会儿，然后下定决心，慌忙爬上了躲藏已久的废墟的顶端，心怦怦地跳个不停。

我再次环顾四周。北面也看不到火星人。

我赶到希恩的时候仍然是白天，向一角瞥去时，可以看到杂乱的街道两侧布满了温馨的或红或白的房子，绿树成荫，点缀其间。现在，我站在一个由碎砖、黏土和砾石堆砌而成的土丘上，这里生长着许多红色仙人掌状的植物，它们高及膝盖，地球上的植物无力争夺属于它们的立足之地。近处的树木已经枯死，变成了褐色。而在远处，尚存一息的树木上，红色的蛛网已经爬满了它的枝丫。

邻近的房屋都已残破不堪，但没有一栋被烧毁；它们的墙壁屹立不倒，大概有两层楼那么高，窗户和门都被砸得粉碎。红草在这些没有屋顶的房子里肆意生长。我脚下是一个大坑，乌鸦在坑里争抢食物。其他一些鸟儿在废墟中跳来跳去。远远地，我看到一只猫无力地蹲在墙边，也不知道它的主人在哪里。

我在废墟里躲避了太久，现在的光线显得格外耀眼，天空蓝得发亮。微风轻拂，红草轻轻摇曳，覆盖了每一寸土地。啊！空气真甜美！

六　第十五天的经历

有一段时间，我站在瓦砾堆上摇摇晃晃，全然不顾自己的安危。

困在那个废墟下的时候，我唯一能做的事情就是保证自己的安全，并没有注意这个世界发生了什么，也没有预料到会出现这种令人陌生而震惊的景象。我本以为希恩已经变成了一片废墟，然而奇怪的是，我现在似乎身处于另一个星球一样。

那一刻，我突然生出一种异于常人的情感，这种情感，想必那些视人类为主宰的牲畜并不陌生。我的感觉就像自己是一只兔子，回到自己的洞穴，突然看到十几个工人正在忙忙碌碌地挖着地基。这样的念头逐渐出现在我的脑海里，并开始清晰了起来。这样的想法已经压抑了我好些天，那就是一种被遗弃的感觉，一种我不再是主人的感觉，就像我们眼中的动物那样，我们也只不过是被火星人踩在脚下的弱小生物之一罢了。我们现在就像这些动物一样，只得四处奔波，躲躲藏藏。人类失去了自己的统治地位，尊严与权力荡然无存。

但这种奇怪的念头并没有持续很久，取而代之的是几天累积下来的饥饿。在巨坑的另一侧，我看到在爬满红草的院墙，以及一片未被掩埋的园地。我突然灵光一闪，便径直向红草丛中走去。这些红草有的刚刚没过膝盖，有的已经到脖子那么高了。这些红草将我遮盖住，这使我感到非常有安全感。墙将近有两米高，当我试图爬上去时，却发现腿根本跨不过去。于是我只好沿着墙边走，走到一个拐角处，踩着一块石头翻过了墙顶，进到了那个园子里。在这里，我发现了一些嫩洋葱、几颗剑兰球茎和一些没成熟的胡萝卜，我把这些食物全部摘走，然后翻过一堵破损的墙，穿过一片深红色的树林，向邱园走去——就像走过一条布满鲜血的大路那样。当时我只有两个想法：一是继续寻找更多的食物，二是如果体力允许，我想尽快离开这片诡异的地方。

我又走了一段路，在一片草地上找到了许多蘑菇，便将它们尽数吃掉，然后我走到了一摊浅水边，浑浊的水流呈褐色，缓缓流动，这里原先是一块草地。我看到什么都会吃掉，起初只是为了充饥，但现在我好像更饿了。夏天炎热干燥，在这种气候下还有这摊浅水实在让我惊讶，但后来我发现，这是旺盛生长的红草造成的。这种奇异的植物一遇到水，就立刻开始疯狂生长。它的种子随着瓦伊河和泰晤士河流动，直到这种水草不停生长，巨大的叶片很快就塞满了河道。

后来我看到，帕特尼的大桥长满了这些杂草，里士满大抵也是如此。泰晤士河的水流漫过汉普顿和特威克纳姆的草地，汇成一条又宽又浅的溪流。这些杂草随着水流继续蔓延，泰晤士河谷里那些别墅的废墟一度被淹没在这片红色的沼泽中。我曾探索过沼泽的边缘，发现火星人造成的荒芜景象几乎都被红草所掩盖。

红草迅速蔓延，但又迅速枯萎。人们认为是由于某些细菌的作用，使它染上了腐败病。在自然选择的作用下，地球上的各类植物都获得了抵抗细菌疾病的能力——因此它们不会轻易被瓦解，但是红草却不堪一击，变得腐烂直到死去。它们的叶片变得惨白，同时变得干瘪易碎，一碰就断。它们随着流水逐渐生长蔓延，而现在也是这汪流水将它们的残骸送回了大海里。

我来到这片水域，首先想到的事就是解渴。我喝了很多水，不小心吃到几片红草的叶子，它们已经被水泡软了，有一股令人恶心的金属味。我发现水很浅，虽然水下的红草会带来一点小麻烦，但还是可以安全地渡过。水流逐渐变得越来越深，我只好折回了莫特莱克。我借助沿途的几处废墟、栅栏和路灯找到了方向，因此很快就离开了这道水流。之后我又沿着通往罗汉普顿山的道路一直走，最终来到了帕特尼公地。

这里的景象对我来说不再陌生，而是再熟悉不过的残垣断壁：大片土地好似被飓风袭过。而在几十米远的地方，那里尚未被破坏，房屋的门窗紧闭，好像房子的主人已经离家许久，又或是还在里面睡觉。红草没有那么多了，路两侧的高大树木上也没有红藤缠绕。我想在树丛中寻找食物，但一无所获，我还找到几间无人的房子，但已经有人捷足先登并洗劫一空了。我在一片灌木丛休息下来，因为我又虚弱又疲惫，一点也走不动了。

在这段时间里，我没有看到人类，也没有看到火星人的踪迹。我遇到了几只饿狗，但它们又很快地跑远了。在罗汉普顿附近，我看到了两具人类的骸骨——已经只剩下骨架了，肉被剔得干干净净。在旁边的树林里，我找到了一些散落一地的猫和兔子的碎骨，还有一个羊的头骨。我捡起这些骨头吃进去，却完全不能果腹。

天逐渐黑了下来，我还在艰难地前往帕特尼，我想火星人一定出于某种原因在那里使用过热射线。在罗汉普顿外的花园里，我找到了一些没成熟的土豆，这足够我填饱肚子了。从这个花园可以俯瞰帕特尼和泰晤士河。黄昏下这里显得异常荒凉：被熏黑的树木与废墟，山下的河床被杂草染红的水流没过。除此之外，四周万籁俱寂。一想到这里在如此短的时间里就变得那么荒凉，我的心里就有一股莫名的恐惧感袭来。

有一段时间，我都以为人类已经灭绝了。我是最后一个活着的人类，孤独地站在那里。在帕特尼山顶不远处，我又发现了一具骸骨，手臂与身体已经被分开很远。随着时间一点点地流逝，我愈发相信，人类真的已经灭绝了。我想，火星人已经走了，离开了这个荒芜之地，到别处寻找食物去了。也许现在它们正在摧毁柏林或巴黎，或者是向北边走了。

七　帕特尼山上的人

那天晚上，我是在帕特尼山顶的一家客栈里度过的，这是我来到莱瑟黑德后第一次睡在真正的床上。我并不想提及闯进这间房子时遇到了怎样的麻烦，也不想说我是如何为了食物而翻遍每个角落的，因为那时我才发现，客栈的门根本就没有上锁。正当我一无所获，濒临绝望之际，偶然在一间貌似是仆人的卧室里发现了一块被老鼠啃过的面包和两罐菠萝罐头。这个地方已经被其他人搜刮得差不多快空了。不过后来，我又在酒柜里发现了一些被翻动过的饼干和三明治。三明治早已腐败，无从下咽。但我靠着饼干填饱了肚子，甚至还有多余的饼干可以带在身上。我没有点灯，因为担心火星人会在夜里过来寻找食物。我惶恐不安，睡不着觉，于是在窗户前来回徘徊，想要窥视这些怪物活动的踪迹。我睡得很少。我睡不着，我不记得为什么自从上次和牧师争吵后我会变成这样：这段时间里，我的精神状态浑浑噩噩，异常而多变。但到了晚上，可能是我吃饱了的缘故，我又开始变得清醒起来，不停乱想。

牧师被杀、火星人的下落以及我妻子可能面临的命运，这三件事在我脑海中不停盘旋。牧师的死并没有给我带来害怕或悔恨的感觉，我权当它是一件自然而然发生的事情，是一段令人不悦但并不会后悔的记忆。我代入当时的自己，想到我是被一步步逼到那一步的，是一连串的意外导致我将他打晕。我并不为此感到愧疚，只是这段记忆时刻缠着我。夜深人静，仿佛上帝就在身边，而我站在这唯一的审判台上，为那一刻的愤怒和恐惧忏悔。我回顾我们之间的每一场对话，从他蹲在我身边的那一刻开始。我说我口渴了，而他却漠不关心，只是伸手指着韦布里奇废墟中升腾的火焰与滚滚浓烟。我们根本无法同舟共济——要是我早能想到这些，我可能在哈利福德就会抛下他。但这是无法预料的，这就是残酷的事实，我如果这么做了，才是真正地在犯罪。我仍然还是将这些事情原原本本地写了出来，毕竟没有任何目击者，我本可以全身而退。但我还是把它写下来了，希望读者心里都有一杆衡量的秤吧。

我全力地想要忘记牧师那具尸体倒在地上的画面。现在我只想考虑火星人到底还有多少秘密，以及我的妻子现在怎么样了。对于前者，我一无所知，答案有无数种可能性；糟糕的是，后者于我而言亦是如此。那天晚上气氛变得可怕起来。我从床上坐了起来，呆呆地望着外面。我竟开始祈求，如果我妻子死了，希望是被那股热射线杀死的，这样她就不会有痛苦。从我离开莱瑟黑德那天晚上开始，我就再也没有祈祷过。我也曾向上帝祷告，在我身处绝境之时，但我说祈祷词毫不走心，就像拜物教徒在念叨咒语。但现在我真心祈祷，在黑暗中面对上帝坚定而清醒地祈求着。这真是一个奇怪的夜晚！但最奇怪的是，黎明一到，我就结束了与上帝的交谈，蹑手蹑脚地离开了房子，就像一只离开藏身之处的老鼠——一只渺小的生物罢了，其实我对于火星人来说也只是这样的低等生物罢了，只能任凭它们宰杀。也许它们也曾虔诚地向上帝祈祷。如果要说这场战争让我们学到了什么的话，那便是怜悯，我们要怜悯那些比我们弱小的无辜生灵。

清晨，天气晴朗，东方的天空被朝阳映得粉红，金色的云朵点缀其间。在从帕特尼山顶前往温布尔登的路上，有许多逃亡人群留下的痕迹，那是在星期日晚上的战斗开始之后，他们一路逃到伦敦的证明。有一辆刻着新马尔登果蔬商托马斯·洛布名字的两轮马车，车轮被砸坏，车厢里有一个被遗弃的铁皮箱子；有一顶草帽陷进了已经硬化的泥土里。在西山山顶，水槽被打翻了，周围散落着染血的玻璃。

我无精打采，也不知道该做什么。我想去莱瑟黑德，尽管我知道在那里找到我妻子的机会微乎其微。当然，除非他们已经死去了，否则我的亲戚和她一定会逃到其他地方去。我想着，或许还可以在那里找到或是至少打听到萨里人逃到哪里去了。我知道，我只想找到我的妻子，我的心为她和人世间的一切而感到痛苦，但我不知道如何才能找到她。我现在强烈地感受到这份孤独感。我离开街角，在树丛和灌木的掩护下，来到了一望无际的温布尔登公地边缘。

我在公地边缘徘徊，犹豫不决，这时太阳升起来了，光芒四射，生机勃勃。在树林中的一片沼泽地里，我遇到了一群忙碌的小青蛙。我驻足观看，青蛙的求生意识是那么地顽强，我也不应当放弃。这时，我感觉好像有什么东西盯着我看，于是忽地转过身来，我好像看到有东西在灌木丛中。我一动不动地盯着它，又朝前走了一步，突然它站了起来，我才看清是一个手持弯刀的人。我慢慢靠近他，他也静静地站着，我们两个面面相觑。

当我走近时，看到他的衣服和我一样又脏又破，他看起来像是被人从下水沟里拖出来的。再走近些，我甚至能看到他身上沾着一些绿色的污垢、淤泥和发亮的煤渣。他的头发又黑又长，遮住了眼睛，他的脸是陷下去的，看起来很深邃，所以我并没有认出来他是谁。他的脸颊上有一道红色的伤口。

“站住！”他喊道。这时我距离他不到十码，听到他的声音后停了下来。他的声音嘶哑：“你从哪里来？”

我一边上下打量着他，一边说道：“我来自莫特莱克，之前一直躲在火星人挖的巨坑附近，我想办法逃了出来。”

“这里没有食物，”他说，“从这座山一直延伸到河边，再回到克拉珀姆，再到公地边缘，这一带都是我的地盘。这里的食物只够一个人吃。你要去哪儿？”

我缓缓地回答道：

“我不知道，我在房子下的废墟里已经十三四天了。我不知道发生了什么。”

他疑惑地看了我一眼，突然间神色大变。

我说：“我没有在此停留的打算，我准备去莱瑟黑德，因为我妻子在那里。”

他伸手指着我。

“是你，”他说，“沃金来的那个人！你不是在韦布里奇已经死了吗？”

我在同一时刻认出了他。

“你就是那个躲到我家花园的炮兵？”

“真是幸运！”他感叹道，“我们都是幸运儿！”他伸出手，我也和他握了握。他说：“我从下水道爬上来的，但它们没有杀光所有人。它们走后，我穿过田野，一直朝沃尔顿的方向走。天哪，都还不到十六天，你的头发已经全白了。”他突然回头望去，才说：“是一只白嘴鸦，这些天连鸟儿的影子都能让人疑神疑鬼。这儿太空旷了，我们容易被发现，去灌木丛里躲起来再说吧。”

我问道：“你看到火星人了吗？自从我爬出来……”

“它们往伦敦走了，”他说，“我猜它们在那里有一个更大的营地。一天晚上，在汉普斯特德那边，火星人的灯光把天都照亮了，那里就像一座巨大的城市。借着光亮，你可以看到它们在走动，不过白天就看不到了。最近这几天（他开始掰着手指头数了起来），已经有五天了，我都没看见它们。然后，我看到有两个火星人抬着个大家伙穿过了哈默史密斯路。前天晚上……”他停了停，继续清晰地说：“虽然灯光太亮我看不清，但我可以肯定那是会飞的东西。我觉得他们造了一个飞行器，正在学习如何驾驶呢。”

我们爬到了灌木丛前面后停了下来。

“飞？”

“是的，”他说，“就是飞。”

我爬到一个树荫处，席地而坐。

我哀叹道：“那人类就真的完了，如果他们学会了飞行，他们岂不是想去哪就去哪了。”

他点了点头。

“没错，不过这样的话我们反而轻松了。况且……”他盯着我，还在打量着什么，“人类彻底没希望了，这难道不是好事吗？我倒是很开心，我们被打败了，我们没救了。”

我愣住了。说来奇怪，我竟然没有意识到这一点，是他说了我才想清楚这个道理。在这之前我仍然怀有一丝希望，或者说是一种思维的定式罢了。他又重复了一遍：“我们被打败了。”他语气坚决，毫不犹豫。

他又继续说：“一切都结束了，火星人只损失了一个同伴，仅仅一个啊。这就已经让它们足以站稳脚跟，毁灭这个世界上最强大的国家，它们轻而易举就能打败我们。韦布里奇那个火星人还是死于意外。它们只是先遣部队，其余火星人会接踵而至。那些绿色的流星，我这五六天以来再也没看到过，但我相信每天晚上都有，我们只能坐以待毙，根本不是对手。”

我没有回答他，只呆呆地坐着，想着反驳他的理由，却说不出来任何话。

炮兵说：“这不是战争，从来就不是一场战争，就像人和蚂蚁之间，不可能发生什么战争。”

我突然想起在天文台的那个夜晚。

“发射了第十个圆筒之后，它们就不再继续了。至少在第一个圆筒落地之前它们只发射了这么多。”

炮兵问：“你怎么知道？”我解释了我的想法。他想了想：“是发射的大炮有问题，但那又怎样？他们会再修好的。即使尚有一丝侥幸的空间，可又能如何改变这既定的结局？就像人和蚂蚁一样。蚂蚁只想建造自己的城市，过着自己的生活，但人们如果嫌它们碍事，不费吹灰之力就能将它们赶走，现在的我们亦是如此，只不过——”

“是的。”我附和道。

“只不过我们是可以作为食物的蚂蚁。”

我们面面相觑地坐着。

“它们会拿我们怎么办？”我问。

他说：“这就是我一直在想的，这就是问题所在。过了韦布里奇后，我就一直往南走，沿途一直在思考。现在我终于明白了，大多数人在绝望时只会大喊大叫，惊慌失措，而我不喜欢这样。我曾经有那么一两次已经在濒死边缘，毕竟我当兵不是学花拳绣腿的。无论情况如何，最多不过就是死嘛。只有坚持思考，才能活下去。我看到大家都在往南逃亡，就暗暗在想：‘这样下去南边的食物肯定不够。’之后我就掉头回去了，朝着火星人的方向走，就像麻雀朝着人飞一样。”他指着地平线那边，那就是南方：“他们现在只得饥肠辘辘，互相争抢，痛不欲生……”

他看到我面色难看，便尴尬地停了下来。

“毫无疑问，很多有钱人都去了法国。”他说。这时他似乎在犹豫是不是说错话了，然后又看了看我的眼睛，继续说：“这里到处都有吃的，食物充足。商店里有罐头、葡萄酒、烈酒和矿泉水，不过水管和下水道都是空的。好吧，我告诉你我在想什么——它们是有智慧的，并且将我们视作食物。它们想摧毁我们——舰船、机器、枪炮，将我们的城市与秩序尽数瓦解和毁灭。这些都将不复存在。要是我们像蚂蚁一样大，或许还能逃过一劫，可惜事与愿违，我们太显眼了，这是可以肯定的。对吗？”

我表示同意。

“是的，我已经想好了。很好，那么，再说下一个问题。现在，只要它们有需要，就会开始抓人。它们甚至不出几英里，就可以抓到一大群逃跑的人。有一天我在旺兹沃思看到一个火星人把房子夷为平地，在残垣断壁里不停翻找。但它们不会止步于此，一旦它们捣毁了我们所有的枪炮和船只，摧毁了我们的铁路，做完了它们想要做的一切，它们就会开始有计划地抓人，挑出最好的，关在笼子里什么的，这就是它们马上要做的事。天啊，它们其实根本还没开始抓我们呢，难道你看不出来吗？”

“还没开始？”我惊呼道。

“还没开始。到目前为止发生的一切，都是因为我们不懂得保持沉默，使用了枪炮等武器对付它们，这让它们决定要将我们灭除。于是，人类被吓得像无头苍蝇一般，失去了理智，四散而逃。其实，或许待在原地是一个更好的选择呢？它们暂时还不想处理我们。它们在制造那些无法从火星直接带来的东西，为后续到来的大军做好准备。这或许就是圆筒中断发射的原因，以防误伤它们的先遣部队。我们不能再盲目地逃窜，大喊大叫，也不能抱着侥幸心理做出炸药炸死它们，而是要根据不同情况来及时调整我方的策略。我就是这么想的。虽然这并不符合人们的愿望，但现实已经不容我们再做选择。这就是我的原则。城市、国家、文明、进步——这一切都结束了。不用再想了，我们输了。”

“但如果事实如此，我们活着还有什么意义呢？”

炮兵看着我。

“以后大约一百万年的时间里，再也不会有什么讨厌的音乐会了，再也不会有什么皇家艺术学院了，也不会有什么餐馆里的美味小吃了。如果你只想娱乐，那完全没救了。如果你还秉持着什么礼仪，或是不喜欢用刀吃豌豆，或者对口音有什么成见，最好还是改了吧。都是些无用的东西了。”

“你是说——”

“我是说像我这样的人是为了人类生命的延续而继续活着。我告诉你，我是铁了心要活下去。如果我没猜错，不久你也会表露出你的真心，我们不会被赶尽杀绝的，我也不想被抓起来，像牛一样被驯服、养肥、繁衍后代。想想那些棕色爬虫吧！”

“你不会是想说——”

“我是这个意思，我是认真的。我已经想好了。我们会被打败，是因为我们知道得还不够多。我们得先学习，然后才有机会反败为胜。在学习的同时，我们必须努力活下去。这就是我们必须做的事情。”

我惊讶地瞪大了眼睛，被他的决心深深震撼了。

“天啊！”我喊道，“你真是个名副其实的男子汉！”我不由得紧握住他的手。

“诶！”他的眼中闪闪发亮，“我想得很清楚，对吗？”

我催促他：“继续说。”

“好吧，如果不想被抓就必须做好准备。我正在做准备。你要知道，不是每个人都能适应那种野兽般的生活。这就是我观察你的原因。你太瘦弱了，所以我不确定，我没有认出来你，也不知道你竟然被埋了那么久。所有这些住在这里的人，比如那些该死的小职员，他们住在那边，他们没有任何精神——没有伟大的梦想，也没有卓越的见识，而一个人如果两者皆失——天啊！这样的人简直就是废物。我见过无数这样的人，手里拿着早餐，一路狂奔，满眼只有赶车这一件事情，生怕赶不上就会因为迟到而被解雇，他们对工作也一窍不通，却根本不想花力气去学，因为害怕来不及吃晚饭，于是匆匆忙忙往回赶。因为害怕后街有危险，吃完晚饭后就待在家里。他们和娶来的妻子一起睡觉，不是因为他们喜欢，而是因为他们有一点小钱，就想找一个人来帮他们处理杂务，为可怜的人生找一些安全感。他们因为害怕发生意外，所以买了保险，开始投资。而在礼拜日，他们又害怕来世。仿佛地狱是为兔子建造的！对于他们来说，火星人简直就是上天派来的恩赐：宽敞的笼子，丰富的食物，精心的饲养，没有后顾之忧。只需要空着肚子在荒野上奔跑一周左右，就会满心欢喜地被抓回来。再过一段时间，他们会非常高兴，因为火星人会为他们打理一切，连自己之前是怎么过的都忘了。还有那些酒吧里游手好闲的人、花花公子，或是卖唱的——我完全可以想象他们的样子。”他用既担忧又怜悯的语气说道：“他们也有各种各样复杂的情感和宗教信仰。我亲眼见过无数事情，但最近才渐渐明白，为什么许多人安于现状，又胖又蠢。有的人又不甘如此，想做些什么。还有些懦弱的人，或是考虑事情太多的人，他们总会弄出一些自欺欺人的宗教，认为自己对此非常虔诚，自视高人一等。还有的人甘愿受到迫害，甘愿俯首称臣。这样的情况实在太多了。他们不过是被恐惧蒙蔽了双眼，只想找一些可以宣泄的方式，仅此而已。他们被关在笼子里，赞颂着上帝，一片虔诚。至于其他那些头脑简单的人，他们只会，叫什么来着——放纵。”

他停顿了一下。

“这些火星人很可能会把其中一些人当作宠物，训练他们做一些小把戏——谁知道呢？还有一些，也许会被训练为猎杀我们的武器。”

我大喊：“不！这根本不可能！没有人会——”

炮兵说：“现在还说这种自欺欺人的谎话有什么好处？无论如何都会有人乐呵呵地干。怎么可能装作没有的样子呢！”

我被他说服了。

“天啊！要是他们来抓我的话……”炮兵陷入了沉思。

我坐在那里思考着这些事情，找不到任何理由来反驳。在火星人入侵前的日子里，没有人会觉得他比我聪明——我是一位声名显赫的哲学题材作家，而他只是一名普通士兵；然而，他现在提出了一个我几乎没有意识到的情况。

我想了一会儿，问道：“你现在在做什么？有什么计划吗？”

他犹豫了一下。

他说：“是这样的。至于我们要做什么嘛？我们必须想出一种可以活下去的方式，这样人们才可以生活和繁衍后代，并有足够安全的环境抚养孩子。是的，等一下，让我把我们该做什么说得更清楚一些。他们那些野兽做派的人就该像野兽那样，几代之后就会变得高大、漂亮、精贵，但愚蠢而无礼！而我们这些心有抱负的人，渐渐地也会获得野性，而变为又大又丑的老鼠……你看，我的计划是我们可以住在地底下，我一直在考虑下水道。当然，对下水道知之甚少的人可能会为此担忧，但其实伦敦下方有数百英里长的下水道，伦敦现在已是一座空城，只要下几天雨，下水道就会被冲刷得干干净净；主要管道也足够宽敞，通风良好，住人是不成问题的。从下水道还可以轻易前往连通的地窖、地下室、仓库、地铁等。你明白了吗？我们组成一个团体，只要身体健康，心地善良的。那些废物和老弱病残统统都不要。”

“就像你本来要让我走一样吗？”

“好吧，我们一直聊得很好，不是吗？”

“不必争论这个了，你接着说吧。”

“留下来的人就要服从命令，我们还需要身体健康、头脑清醒的女人——她们可以做母亲与老师。那些厌世的、无精打采的、体弱多病的、思想幼稚的，我们也不能要。我们要想重新开始生活，无用、累赘和坏心眼的人必须死。这是他们咎由自取。他们应该心甘情愿地去死。毕竟，活着给其他人拖后腿，这就是对不起他人。况且他们早就生不如死了。而且死并不可怕，这是只有胆小的才该考虑的事。就是这些，我们将生活在伦敦各处的下水道里，还可以想办法放哨，当火星人不在的时候，我们还可以去地上活动，也许还能打打板球。这就是我们延续人类种族的办法。嗯，这很有可能吧？但延续人类这件事本身并不重要，正如我所说的那样，这将与老鼠无异。我们还需要汲取更多的知识，这才是关键所在。所以就需要你这样的人，作为我们学习的源泉与典范。我们必须在地底深处找一个安全的地方，并尽我们所能获取各类书籍；不要无谓的小说和诗歌，而是思想深刻的书籍以及科学书籍。这正是你这样的人的用武之地。我们必须去大英博物馆，把所有的书都挑出来。对于我们来说，最重要的是继续学习更多的知识，尤其是科学知识。我们还要从火星人那里学到东西，所以我们中的一些人要去当间谍。等一切顺利了，我将会率先前往。我需要故意被它们抓住，最重要的是，我们不能打扰火星人，也不能偷它们的东西。如果我们挡了它们的路，就必须让道。我们得让它们知道我们没有恶意。是的，我知道，但它们是有智慧的生物，如果它们得到了想要的一切，就不会置我们于死地，只会将我们当作无害的虫子。”

炮兵停顿了一下，伸出一只棕色的手拉住了我的胳膊。

“毕竟，与过去相比我们可能没有那么多要学的东西了。试想一下：四五台火星人的战斗机器突然开始启动，到处发出热射线，而且操作战斗机器的不是火星人，而是人类，是掌握了如何使用机器的人类。他们也许就是与我同时代的人类同胞，想象一下，人类掌握了这么一个强大的武器，可以随心所欲操控热射线。操控它的感觉一定很棒！就算可能会被炸成碎块，那又怎样！我想火星人会瞪大它们那漂亮的双眼的！伙计，你想象不到吗？它们会惊慌失措，手忙脚乱，因为它们引以为傲的机器全部失灵了，接着发出一声巨响，是人类发出的第一波攻击。它们只能开始紧急修理，然后，当它们为此手忙脚乱的时候，唰的一声，热射线再次袭来。敬请见证吧！人类又夺回了属于自己的世界！”

一时间，这位炮兵的想象力与远见卓识，还有他的自信与勇气，完全说服了我。我对他描述的人类命运和作战计划坚信不疑。如果有读者认为我耳软心活，愚不可及，那就请对比一下你我彼此的处境：你们正安稳地看着书，全神贯注地思考；而我却是提心吊胆地蹲在灌木丛里，惴惴不安地听着周围的动静，害怕得不得了。我们就这样聊了大半天，之后从灌木丛中爬了出来。在确定了天上没有火星人后，匆匆赶往帕特尼山上。那里有他的藏身之所，是一个煤窖。我看到了他花一周时间完成的工作成果，那是一条不足十码长的通道，这个通道连接着帕特尼山上的主排水沟——我第一次感觉到他是个眼高手低的人——我只需要一天便可以挖出这样的通道。但我仍然对他有足够的信心，那天上午我一直和他一起挖到中午。我们找到一辆园艺手推车，把挖出来的土倒在厨房炉灶周围。我们从隔壁的食物间拿了一罐素甲鱼汤[1]和葡萄酒来补充体力。这样的劳动下我暂时忘却了在外面必须面对的残酷事实。我一边继续挖着，一边在脑海中考虑着他的计划，很快就浮现出各种疑问与困惑。但我并未提及，而是继续挖着，庆幸生活终于有了盼头。在挖了一个小时后，我开始计算还有多远可以挖到下水道，以及会有多大的误差。我眼下疑虑的是为何要挖那么长的通道，因为从井盖顺着下去就是下水管，我们可以反着挖。我认为，选择这幢房子也不是非常妥当，这会有更长一段距离要挖。正当我思忖着这些问题时，炮兵也突然停下了手里的活，看着我说。

"干得不错，"他放下铲子，"我们休息一下吧，大概是时候去房顶上侦察了。"

但我想继续挖下去，他犹豫了一下，又拿起了铁锹。而我突然想到了什么，又停了下来，他看到我停下后也立刻停了下来。

我忍不住问道："早上你为什么在公地，而不是在这里？"

他回答道："透透气儿，我正要回来，晚上会安全一些。"

"那这里的活儿呢？"

"嗨！人总不能一直工作吧。"我这时意识到他不过也是平庸之辈。他拿着铲子，但并不想干活儿了："我们现在应该侦察一下，如果外星人就在不远处，听到了我们的动静，就会冷不防地袭击我们的。"

我已无心做出反对，只好和他一起爬到屋顶上，又站在梯子上，谨慎地看着外面。四周并没有火星人的迹象，我们冒险爬到瓦片上，又借着矮墙的庇护溜到了外面。

---

① 素甲鱼汤（Mock turtlesoup）是一种传统的英国汤品，其特点是模仿真正的甲鱼汤味道，但实际上并没有使用甲鱼肉，而是牛肉、牛杂、鸡蛋和一些蔬菜。因为在当时，真正的甲鱼汤是一种昂贵的奢侈食品，所以人们发明了这种较为经济的替代品。

在这里看过去，灌木丛将帕特尼的大部分遮住了，但我们可以看到下面的河，河上长满了大片红草，兰贝斯的低洼地带被水淹没，也染成了一片通红。主教府周围的树木也被红藤缠绕，树枝憔悴枯萎，叶片干瘪，在树丛中挂着。奇怪的是，这两种植物的繁殖竟然完全依赖于流水。在我们周围，完全看不到这些红草的踪影，只有旱金莲、粉梅、雪球花和月桂，以及从绣球花丛中探出头来的柏树，被阳光照耀得生机盎然。肯辛顿那边浓烟滚滚，升起的蓝色烟雾遮住了北面的山丘。

这时，炮兵和我聊起那些滞留在伦敦不走的人。

“上周的某天晚上，几个傻瓜把电灯修好了，整个摄政街和皮卡迪利广场[①]都是灯火通明，到处都是浓妆艳抹的男男女女，穿着破烂，烂醉如泥，跳着叫着，直到天亮。一个当时在场的人告诉我，天快亮的时候，他们发现朗廷附近停着一架战斗机器，正对着他们，天知道它在那里待了多久。有的人被吓得魂飞魄散，战斗机器朝他们过去了，抓了大约一百人，都是那些喝醉的或是吓得愣在原地的人。”

如此荒诞不经的场景，任何史书都绝无可能将其详尽描述！

在回答我的问题时，他又谈到了他的宏伟计划。他又变得慷慨激昂，滔滔不绝地讲起了控制战斗机器的可能性，我对他的信心又恢复了一些。我现在已经了解他的为人，因此我知道他是万万不会轻举妄动的。毫无疑问地，他现在也不再提及要起身先士卒的表率作用了。

过了一会儿，我们才下到地窖里。我们似乎都不想再继续挖了，他提议不如先吃点东西吧，我也同意了。他突然变得很大方，我们吃完饭后，他不知去了哪里，回来时带了几支上好的雪茄。我们抽着雪茄，他兴致盎然。他好像把我的到来视为一件盛事。

---

①皮卡迪利广场：原文中的 Circus 由于与摄政街（Regent Street）同时出现，因此特指皮卡迪利广场（Piccadilly Circus），它们都是伦敦西区的商业广场。

“地窖里有些香槟。”他说。

我说：“快继续挖吧，或许在泰晤士河畔还能找到勃艮第葡萄酒。”

“不，”他说，“今天我做主。香槟，天哪！我们面前的任务已经够重了！让我们休息一下，养精蓄锐。两只手上都全是水泡了。”

已经有了休息的想法后，他执意要在饭后玩牌。他教我玩尤克牌[①]，我们把伦敦分开，我负责北边，他负责南边，教区作为点数。在清醒的读者看来，这既怪诞又愚蠢，但我们确实这么做了。更为荒唐的是，我居然觉得这个牌局与其他几种玩法都非常有趣。

人类的思想实在古怪！我们已经站在濒临灭绝以及惨遭奴役的边缘了，除了惨死，没有任何的希望。然而我们却能坐在这块涂了油漆的纸板上，抓住这难得的机会，兴致勃勃地玩着牌。后来，他教我打扑克，再之后我又在三场焦灼的棋局中打败了他。天黑后，我们还冒险点了一盏灯。

我们玩着游戏，根本停不下来。我们吃完了东西，炮兵也喝完了香槟。我们继续抽着雪茄。他不再是我早上遇到的那个斗志昂扬的救世主了。他仍然很乐观，但没有最开始那么冲动了，开始变得更加深沉，不停思考。我记得他最后以祝我健康为由，发表了一番简短而断断续续的演讲。我抽了一支雪茄，上到楼顶去观赏他曾提到的海格特山上闪烁的绿光。

起初，我茫然地凝视着泰晤士河谷。北边的山丘被一片黑暗笼罩；肯辛顿附近的火焰在黑暗中泛起红光，不时有橙红色的火舌闪现，又消失在深蓝色的夜幕中。伦敦的其他地方一片漆黑。然后，我在近处发现了一种奇怪的光，一种淡紫色的荧光，在夜风的吹拂下颤

① 尤克牌（Euchre）：是一种起源于德国的牌类游戏，也是十九世纪末美国最流行的家庭牌战游戏。

动着。刚开始我不知道那是什么，后来我想到，那一定是红草发出的光芒。意识到这一点后，我的好奇心及认识事物本质的敏感度被重新唤醒了。我的目光从那里转向西方高悬而又明亮的火星，然后久久地凝视着汉普斯特德和海格特的黑暗。

我在屋顶上待了很久，震惊于这一天的离奇经历。从午夜祈祷到疯玩纸牌，这期间我到底在想什么。我心头突然涌起一阵强烈的反感。我记得我扔掉了雪茄，带着一种挥霍的象征意义。我的愚蠢在我眼里被无限放大，我似乎背叛了我的妻子和我的同胞。我充满了悔恨。我决心离开这个奇怪的、缺乏自律的梦想家，让他继续酗酒贪吃，而我则要继续前往伦敦。只有在那里，我认为才有机会了解火星人和我的同胞们在做什么。夜色渐沉，明月升起时，我还在屋顶上停留。

八　死城伦敦

与炮兵分别后我就下山了，从帕特尼大街过桥前往富勒姆。当时，红草肆虐，几乎将桥面堵得水泄不通。但它的叶片已经长满了块块白斑，很快，红草就会被这些白斑清除。

待行至通往帕特尼桥车站的小巷拐角处，我看到那里躺着一个人。他浑身沾满了黑灰，像一个烟囱清扫工，虽然活着，却醉得不省人事，语无伦次。除了咒骂，和愤怒地挥向我头部的拳头，我从他那里什么也得不到。我想，如果不是他如此凶神恶煞，我兴许会留在他身边照顾他的。

从桥上开始，沿路都是黑色的尘土，到了富勒姆，尘土越来越厚。街上安静得可怕。我在这里的一家面包店里找到了食物——酸、硬，而且发霉，但好在还能吃。再往沃勒姆格林的方向走了一段路后，街道上的火药味消失了。我经过了一排正在燃烧的白色房屋，火焰的噼啪声反倒成了这一片死寂中的一种慰藉。走到布朗普顿时，街道上又是一片空寂。

这里，街上同样布满黑灰和死尸。在富勒姆的路上横着十几具尸体，我加快脚步经过这些已经死了很多天的尸首。黑灰覆盖着他们，使轮廓看上去柔和许多。有一两具尸体被狗咬过。

在没有黑灰的地方，景象与周日的伦敦别无二致，商店关门，房屋紧锁，百叶窗拉上，一片冷清和寂静。几间房子显然已经被抢劫者光顾过，但大多数情况下是食品店与酒水店。有一家珠宝店的窗户被撬开了，但显然小偷此行不顺，许多金链和一只手表散落在人行道上。我没有去碰它们。在更远的地方，一个衣衫褴褛的女人倒在门口的台阶上；她的手垂在膝盖上，手上有一道深深的伤口，鲜血顺着她锈棕色的裙子流了下来，一瓶被打碎的香槟酒泼洒了出来，在人行道上汇聚成了一个小水洼。她似乎是睡着了，但其实她已经死了。

我继续往伦敦城市中心走去，这里越来越寂静。但这并不是死亡的寂静，而是一种悬而未决、充满期待的寂静。随时都有可能发生的毁灭，伦敦西北边界已是焦土一片，伊灵和基尔伯恩亦已被毁，眼前这些屋舍也随时可能遭遇外星人的攻击，最终沦为浓烟滚滚的废墟。这是一个被宣判了死刑的废弃之城……

南肯辛顿的街道上没有尸体与黑灰。我第一次听到哀号声就是在南肯辛顿附近。它几乎是悄无声息地侵入了我的感官。那是一种交替的、带着哭泣声的两个音节：“呜啦，呜啦，呜啦，呜啦……”一直持续不断。当我穿过向北延伸的街道时，声音越来越大，之后声音渐弱，房屋和建筑似乎又把它隔绝开来。待我走到展览路路口，哀号的音浪达到顶点。我停下脚步，凝视着肯辛顿花园的方向，开始思考这股怪声到底是什么。仿佛是那些空荡的废弃房屋通过这种声音，来表达它们的恐惧与孤独。

“呜啦，呜啦，呜啦，呜啦”，那不堪入耳的声音继续呼啸着，巨大的声浪席卷在宽阔而明亮的道路上，穿梭于两旁的高楼大厦之间。我忍不住好奇，于是朝北向海德公园的铁门走去。我想要闯进自然历史博物馆，找到登上塔顶的方法，看看公园另一侧到底有什么。但我最终还是决定沿着地面走，因为在地面可以迅速隐藏身形。于是我沿着展览路继续前行。路两边的大房子都空空如也，寂静无声，只听到我自己的脚步声在房子的两侧回荡。在公园门前，我看到了一个奇怪的景象——一辆公共马车翻倒在地，马只剩下骨头，肉被收拾得干干净净。我琢磨了一会儿，继续过桥，穿过了一条弯弯曲曲的河。声音越来越大，但我在公园北侧的房顶上什么也看不见，只看到西北方向的一片烟雾。

“呜啦，呜啦，呜啦，呜啦”，这声音似乎是从摄政公园附近传来的。之前一路找寻的念头支撑着我前进，可当下这凄厉的哭声却影响了我的心智，占据了我的大脑。我现在极度疲惫，脚又酸又痛，饥渴难耐的感觉再度袭来。

晌午已过。为何只有我一人在这座死亡之城游荡？当整个伦敦都是一片死寂，为何只有我一人独活？我感到难以忍受的孤独。我想起了多年未见的老友，想起了药房里的毒药，想起了酒商们贮藏的烈酒。我还想起了那两个绝望的人，据我所知，这座城市大抵只剩下我和他们两个了吧。

我走出大理石拱门①，到了旁边的牛津街，这里又出现了黑灰和

① 大理石拱门（Marble Arch）：是一座白色卡拉拉大理石建筑，位于英国伦敦牛津街西端，与公园里和爱治威尔路交叉路口，几乎正对着海德公园的演说者之角。

几具尸体，一些房屋的地窖格栅散发出恶臭。经过长途跋涉，我感到非常口渴。费了九牛二虎之力，我才闯进一家酒馆，弄到了吃的和喝的。吃罢，我感到疲倦不堪，便走进吧台后面的客厅，找到一张由黑色马毛制成的沙发并睡了一觉。

一觉醒来，我发现耳边仍是那凄厉的号叫声，“呜啦，呜啦，呜啦，呜啦”。此时已是黄昏时分，我在酒吧里找到一些饼干和一块奶酪，那里还有一个装肉的柜子，但里面除了蛆虫什么也没有。之后，我穿过几处寂静的住宅区广场，波特曼广场是其中唯一一座我能叫出名字的广场，漫步到了贝克街，最后来到摄政公园。我走到贝克街尽头，透过夕阳的余晖，看到远处的树梢顶上露出一个火星巨人的头罩，这号叫声就是从那里发出的。我没有被吓到，反而理所当然似的向它靠近。我观察了一段时间，但它一动不动。它似乎是在原地站着大喊，我也不知道是为什么。

我想做些什么。但“呜啦，呜啦，呜啦，呜啦”的声音不绝于耳，让我无所适从。不过也许是太累的缘故，所以我并不害怕。比起害怕，我更想搞明白这单调的声音。我转身走进了公园路，打算绕过公园，借着露台的掩护走，从圣约翰伍德的方向端详这个静止不动一直号叫的火星人。出了贝克街一会儿后，我听到了一阵狗吠，看到一只狗叼着一块腐烂的红肉向我迎面而来，紧跟其后追赶着的是一群饥肠辘辘的野狗。它迅速改变方向避开了我，好像怕我成为新的竞争对手。狗群的叫声消失在了静悄悄的大路上，“呜啦，呜啦，呜啦，呜啦”的号叫声再次响起。

在去圣约翰伍德车站的半路上，我遇到了那台被撞坏的搬运机器。起初，我以为是一座房子倾倒在了路上。当我从废墟中攀爬经过时，我才猛然惊觉，这是一个火星人的机械大力士，它的触手有的弯折、有的粉碎扭曲，已然不成形的样子，躺在它自己造成的废墟中。它的前半部分已经粉碎，大概是朝着房子径直冲过去，结果房屋倒塌，机器被压倒在下面。我当时觉得，这可能是火星人没有控制搬运机器造成的。我无法爬到废墟中去仔细观察它，而且暮色已深，它的座位上沾染着的血迹，还有狗群吃剩下的火星人的骨头，我都没有看见。

我对所看到的一切更加疑惑，于是继续向樱草花山的方向走去。透过树林，我在远处看到了第二个火星人，和第一个一样一动不动，站在公园里，面朝动物园的方向，然而并没有发出声音。我经过了那台被砸毁的搬运机器，不远处又发现了红草，大片大片地长在摄政运河里。

当我过桥时，“呜啦，呜啦，呜啦，呜啦”的声音停止了，就像被切断了一样。寂静来得如此突然，好像一阵惊雷。

暮色昏暗，周围的房子高大而阴森，公园里的树木逐渐看不到了。在我周围，红草在废墟中攀爬，在昏暗中蠕动，想要爬到比我还高的地方。黑夜，恐惧与神秘慢慢向我袭来。不过，当那哀号的声音再次响起，这种荒凉的孤独感还是可以承受的，因为它的存在，我感觉伦敦似乎还活着，这样若有似无的生命感支撑着我。然后突然像发生了什么一样，周围又陷入一片寂静，这样的安静开始叫人毛骨悚然。

伦敦像幽灵一般注视着我。白色房屋的窗户就像骷髅的眼窝。我开始幻想有数千名敌人正在周围悄无声息地接近。恐怖攫住了我，我讨厌自己的鲁莽。眼前的路变得漆黑一片，仿佛铺了沥青，我好像看到一个扭曲的人形横躺在路上。我吓得不敢继续前行，于是转入圣约翰伍德路，一路冲向基尔伯恩，想要摆脱这片该死的寂静。我逃到了哈罗路，躲进了一处供马车车夫休息的补给站。在黎明前，我又重新鼓足了勇气，借着星光，再一次向摄政街走去。我在街道中迷失了方向，此时已是晨曦，透过微弱的光线我看到了林荫道的尽头，以及樱草花山的轮廓。山顶上耸立着第三个火星人，和其他火星人一样直立着，一动不动地对着黯淡的星光。

一个疯狂的念头涌上心间，我决意去赴死，这样就能结束这一切了。我甚至可以不必自己动手。我毫无顾忌地向这个大块头走去，我越走越近，天也越来越亮，我看到有许多黑色的鸟儿在头罩周围盘旋飞舞。此情此景让我的心提到了嗓子眼，我开始一路狂奔。

我匆忙穿过将圣埃德蒙台堵住的红草（我蹚过从自来水厂向阿尔伯特路奔流而下的激流，水已经齐胸高），在太阳升起之前来到了草地上。山顶上满是高高的土堆，像一座巨大的堡垒——这是火星人建造的最后一处营地，也是最大的营地。一只狗匆匆跑了过来，又消失在了地平线。我脑海中闪过的念头越来越真实且可信。我没有感到恐惧，而是欣喜若狂，我跑上山坡，冲向那个一动不动的怪物。我看到它的头罩上有些许棕色状碎块，饥饿的鸟儿在上面啄食撕咬。

片刻间，我就爬上了土坡，站在了山顶，可以看到这座堡垒的内部情况。这里空间巨大，里面到处都是庞大的机器，数不尽的材料堆以及奇形怪状的掩体。火星人有的坐在翻倒的战争机器里，有的坐在失灵的搬运机器里，还有十几个一动不动地躺在一排排的机器里，全死了！它们被腐烂致病细菌杀死了，因为它们的身体毫无抵抗力，恰如红草那样。人类无法与它们匹敌，但上帝以他的无限智慧，让它们死于地球上最不起眼的东西。

事情就这样结束了。如果不是恐惧和灾难蒙蔽了我们的双眼，我们许多人都有可能预见到这一切。自万物诞生以来，这些致病细菌就一直在折磨着人类，从古至今，我们的祖先就在同细菌做斗争。在自然选择的作用下，我们逐渐产生了抵抗力，对于细菌的攻击，我们完全不再惧怕，因此身体对许多细菌产生了免疫力——比如那些导致死物腐烂的病菌。但是火星上没有细菌，当这些入侵者踏入地球，以人类为食，我们的微生物同盟军就为毁灭它们做足了铺垫。在我一开始看到这些火星人的时候，它们的命运就已经注定，它们一直在忙碌着，同时也开始腐烂并逐渐走向死亡。一切都在劫难逃。数十亿人的死亡为人类换来了在地球上生存的特权，这个特权仅属于人类，任何来犯者都不可剥夺。哪怕火星人比现在强大数十倍，也是徒劳的。毕竟人类不会白活，也不会枉死。

火星人的尸体散落在它们亲手打造的巨大深渊中，总共将近有五十个。它们一定不会想到是以这样的形式而告终的。我也觉得不可思议，但我可以确定的是，这些原本让人胆战心惊的东西已经死了。有那么一瞬，我以为亚述王西拿基立的历史又重演了，没想到上帝如此于心不忍，于是派出死亡天使一夜之间就将它们全杀了。

我站在巨坑中，凝视着远方，心里轻松愉悦，朝阳升起，它的光芒照亮了我周围的万物。然而巨坑里仍是一片黑暗。那些令人闻风丧胆的巨大机器一点点地从阴影中暴露出来，直到彻底暴露在阳光下，它们的威力是如此强大，构造是如此复杂，古怪的外形显得如此诡异。我听到一群狗在争抢尸体的叫声，这些尸体黑乎乎地躺在深坑深处，离我很远。在深坑的另一端，一个古怪扁平的巨大机器就是它们的飞行机器。它们或许正在进行着试验，然而腐烂与死亡也同时袭来，这一切来得太快了。头顶上一群乌鸦不停发出叫声，我抬头看了看这架永远无法战斗的巨大机器，又看了看樱草山顶上翻倒的座椅上已然腐烂的红色碎肉。

我转过身，望着山坡下面，那里站着另外两个火星人，我曾在前天晚上看到过的，现在已经被秃鹫包围了。死亡也没有赦免它们。那个正在哀声呼唤同伴的，不过是在苟延残喘；也许它是最后一个死

的，它一直叫着，直到它的力量被耗尽。在阳光的照耀下，它们闪闪发光，但已经无力作恶，只不过是几堆金属制成的三脚架罢了。

巨坑周围，伟大的城市之母伦敦绵延不绝，奇迹般地免于毁灭。那些见惯了黑雾笼罩的伦敦人，此刻几乎无法想象这一片寂静的荒野是那么赤裸裸的清晰和美丽。

向东望去，阿尔伯特露台熏黑的废墟和教堂破碎不堪的尖顶上，太阳闪烁着耀眼的光芒，屋顶扁平，一望无际，反射出阵阵白光。

北面，基尔伯恩和汉普斯特德一片蔚蓝，房屋鳞次栉比；西面，整片城区显得晦暗朦胧；南面，在火星人身后，摄政公园的绿波、朗廷酒店、阿尔伯特音乐厅的圆顶、帝国学院都在朝阳中清晰可见，布朗普顿路的高楼大厦在阳光下显得无比渺小，却又清晰可辨。威斯敏斯特区参差不齐的废墟在朦胧中显出若隐若现的轮廓。再远处是蔚蓝的萨里郡群山，水晶宫的塔楼像两根闪闪发光的银棒。在朝阳的映衬下，圣保罗教堂的穹顶显得黝黑，已遭损毁，它的西侧有一个巨大的空洞，这是我首次目睹如此惨象。

我望着这片广袤大地上的房屋、工厂和教堂，一片死寂和荒芜。我想到无数的生命为建成这座人类岛屿而奉献了无穷的力量；我想到现在阴霾已经褪去，人们或许会陆续回来，我曾经深爱着而如今却死气沉沉的城市或许会再度焕发生机，回到最初的样子。想到这里我心潮澎湃，都快要流下泪来。

噩梦结束了。就在今天，我们的伤口逐渐得以愈合。散落在全国各地的幸存者，他们忍饥挨饿，没有领导者，没有秩序，像一群无主的羊群。还有成千上万渡海而逃的居民，他们即将重返家园。生命的脉搏会重新在城市的大街小巷跳动，人们的欢声笑语也会再度充满空旷的广场。无论我们遭受过什么，至少现在，敌人已经无法继续作恶了。那些荒凉的废墟与化为尘土的房屋终将被山上的青草所掩埋，不久，这里便会响起锤子的敲击声与泥刀的刮擦声。想到这里，我面朝蓝天，张开双臂。感谢上帝！只要一年，我想，只要一年……

我情难自已，我想到自己，想到妻子，想到那往日的希望与温存都已不复存在了。

九　满目疮痍

现在我要说我最离奇的一段经历了。或许也称不上离奇，我记得自己站在樱草花山顶，泪流满面地感谢上帝。这之前的事情我都记得一清二楚，而之后便没有印象了。

接下来的三天，我完全没有印象了。后来我才知道，我并不是第一个知道火星人覆灭的人，在那前一天晚上，有好几个和我一样的漂泊者也发现了这一点。第一个发现的人跑到了圣马丁勒格朗邮政总局，那时我正躲在那个马车车夫补给站。他已经从那里，将这一喜讯传遍了全世界。无数城市终日生活在恐惧与忧虑中，此刻竟都突然灯火通明。当我还在巨坑边缘观望时，都柏林、爱丁堡、曼彻斯特、伯明翰的居民都已经知道了这件事。我听说人们大都喜极而泣，欢呼雀跃着，甚至停下手中的活儿，互相握手以示庆祝。各地的列车都逐渐恢复，准备朝着伦敦的方向行进，甚至克鲁镇也有列车经过。两星期前就停止的教堂钟声也再度响起，响声横跨整个英格兰。每一条乡间小路上，都有蓬头垢面、瘦骨嶙峋的人骑着自行车疾驰，高声庆祝着解脱的到来，他们将这一喜讯传达给那些面容憔悴，双目无神，身陷绝境的同胞们。至于食物，诸如小麦、面包和肉类等，正在不断地从英吉利海峡、爱尔兰海和太平洋对岸运来。那段日子，仿佛全世界的船只都在向伦敦驶来。然而在我的记忆里，我完全不记得这一切，我仍然漫无目的地流浪，精神萎靡。当我清醒过来的时候，发现是一家好心人收留了我，那是三天以后。他们看到我在圣约翰伍德的街道上，泪流满面、疯疯癫癫。他们说，我当时正在莫名其妙地唱着一首打油诗："最后一个活人万岁！最后一个活人！"他们虽然琐事缠身，却还是将我这个累赘收留了下来，以防我做出什么伤害自己的事情。我感激不尽，但我也只能将他们的姓名隐埋。那几天我的精神濒临崩溃，他们也只得从我的喃喃自语中了解到部分情况。

当我精神状况逐渐好转时，他们谨慎地和我说起莱瑟黑德的情况。在我躲在废墟里的第三天，一个火星人袭击了莱瑟黑德，无人生还，那里被夷为平地，好像是毫无缘由的，就像一个淘气的孩子将蚁巢推翻，也只不过是心血来潮一样。

我是一个孤独的人，但他们对我很好。我无依无靠，精神失常，但他们对我无限容忍。我恢复正常以后，又在他们家待了四天。那段时间里，想要回到曾经那个快乐的家中的念头隐约浮现在我的脑海，这种渴望日益强烈，但这只是一种无尽的奢望，会令我更加痛苦。他们不停劝我，不想让我消沉下去，但我还是放不下，于是动身启程了。我向他们保证，一定会再回来。之后，我噙着眼泪告别了相处四天的朋友，再次回到街道上，那之前还是昏暗、陌生而空旷的街道。

街上，有的店铺已经开门了，人们陆续回到了这里。我还看见，一座喷泉饮水池也恢复了供水。

我踏上了回沃金的道路。那天阳光明媚，街道上人群摩肩接踵，我觉得这样的对比真是讽刺。到处都是人，各自忙忙碌碌，让人不敢相信这是一幅损失惨重后的城市画面。不过我随即注意到，人们一个个瘦骨嶙峋，头发凌乱，眼睛又大又亮。半数的人衣服残破不堪。他们要么喜悦之情溢于言表，要么带着坚韧的眼神。若非众人脸上的神情，我还以为伦敦住满了乞丐。各大教区委员会向民众分发了由法国政府发来的救济物资，人人有份。几只幸免于难的马匹也已是瘦骨嶙峋。临时警员佩戴着白色的徽章，面容憔悴地驻守在每个街角。一路走来，我几乎看不到火星人破坏过的痕迹，一直走到威林顿街，才看见滑铁卢桥的桥墩上还爬满了红草。

在大桥的一角，我看到了一张纸片在红草丛中迎风飘扬，这是那个怪诞时代的常见景象。那是最早恢复出版的《每日邮报》的海报，用一根棍子钉住，不得动弹。我在口袋里找到一枚早已变得漆黑的先令买了一份报纸。报纸大部分版面是空白的，寂寞的排版人在最后一个版面印上了一个滑稽的铅版广告来自我消遣，内容极为煽情。整个报业尚未恢复，我也没有看到什么新消息，只有一篇报道提到，短短一周过去了，人们对这些火星机械的研究已经成果卓著。文章里面充满信心地宣布已经揭开了“飞行的奥妙”，但我当时并不以为然。我到了滑铁卢站，得知可以免费坐列车回家。已经有一批人下车了，现在车上乘客寥寥无几，我也没心思与人攀谈，于是找了一个没人的车厢，双手交叉坐在窗前，眼神无光地看着窗外阳光照映下的废墟。刚驶出车站，火车就在临时铺设的铁轨上颠簸着，两侧也被焦黑的废墟所包围。列车驶向了克拉珀姆枢纽站，尽管伦敦两天里雷雨交加，但黑灰仍然没有被冲洗干净，街道上还是脏兮兮的。

从那开始，沿途的景象都是萧索而陌生的，温布尔登尤其如此。沃尔顿的松树林还未被烧毁，似乎是沿线受损最小的地方。旺德尔河、莫尔河，以及每条小溪都长满了红草，颜色介于屠宰场里的肉和腌白菜之间。或许是由于萨里的松林过于干燥，所以红草没能在松林中攀爬蔓生。在温布尔登外围，沿着铁路线可以看到，在几块苗圃地里，第六个圆筒降落在那里，周围都是大大小小的土丘。那里站着许多人，一些工兵正在忙碌着。圆筒上挂着一面英国国旗，在晨风中欢快地飘扬。苗圃里到处长满了红草，大片猩红的色彩之中夹杂着紫色的暗影，十分刺眼。我不再看眼下灰蒙蒙的废墟和阴沉的红草，而是眺望着东边连绵起伏的青绿山峦，心情才得以舒展。

由沃金开往伦敦的线路仍在修缮，所以我只好在拜弗利特下了车，徒步走回梅伯里。沿途我经过了和炮兵遇到那队轻骑兵的地方，以及在暴雨中看到火星人的地方。我忍不住好奇起来，转过身开始寻找，终于在一片红草里找到了一辆马车，已经变形了。马的白骨散落一地，已经被啃食过了。我在那里驻足良久，凝视着眼前这片残骸……

之后我又穿过松树林，那里到处长满了几乎与人同高的红草。我看见斑点狗旅馆的老板已经下葬了，接着路过纹章院，最后终于到家了。在我路过时，一个男人站在敞开的小屋门口，叫着我的名字向我打招呼。

我注视着我的家，本来心中还尚存一线希望，但马上就荡然无存。因为门显然是被破坏过，没有上锁，我走过去的时候，门便缓缓打开了。

门又砰的一声被风重重关上。书房的窗帘从敞开的窗户飘出，我和炮兵就是从这扇窗户向外看的。从那以后，窗户再也没人关上。散碎一地的灌木还是我四周前离开时的样子。我跌跌撞撞地走进大厅，感觉屋里空荡荡的。楼梯上的地毯起了褶皱也褪了色，灾难来临那天我曾浑身湿透地蹲在那儿。我看到楼梯上还有我们的泥脚印。

我顺着脚印来到书房，看见书桌还是圆筒打开那天时的样子，透明的石膏纸镇压着我那张稿纸。我站在桌子前，读了一会儿我没有写完的文章，题目是“文明发展所伴随的道德观念变化”。最后一句话是预言的前半段。“大约两百年后”，我写道，“我们可以期待——”这句话戛然而止。我记得那个早晨我心神不宁，干脆放弃写作，出去拿了《每日纪事报》。那已经是一个月前的事情了，还仍然历历在目。我想起那天清晨我走到花园门口，正好遇到报童，听他讲述“来自火星的人”的怪诞故事。

我走下楼，来到了餐厅。那里放着羊肉和面包，都已经腐烂得不成样子了，还有一个被打翻的啤酒瓶，一如我和炮兵离开时的样子。我的家一片荒凉。我终于明白，是我一直要抱着那个渺茫的幻想，想着不切实际的事情。这时候发生了一件怪事。“没有用的，房子已经空了，这十天里都没人来过，不要留在这里折磨自己了。这里除了你没有人幸存。”一个声音这样说道。

我吓了一跳。难道是我自言自语声音太大了？我转过身来，发现身后的窗户是打开的，我向前迈了一步，站在窗前向外看去。

正当我惊魂未定之时，我看到了两个和我同样反应的人，一个是我的表兄，另一个就是我的妻子——她脸色煞白，欲哭无泪，发出了微弱的难以置信的惊呼。

“我回来了，”她说道，“我就知道——就知道——”

她伸手捂着喉咙，眼看就要倒在地上。我赶忙上前，将她紧紧搂在怀里。

十　尾声

我的故事即将迎来尾声，但现在仍然有许多问题找不到答案，而我对它们的贡献甚少，我为此感到遗憾。有一个问题，我认为我的看法必然会招来批评。因为我的长处是哲学，而生理学的知识都仅仅来自一两本书。不过在我看来，卡佛对于火星人突然死亡的推测是合理的，几乎是可以当作结论了的。这一点我在正文中已经做过说明。

无论如何解释，人类在战后检查过所有火星人的尸体，除了那些已知的地球种类，没有发现任何外来细菌。同时，火星人没有埋葬自己死去的同胞，并且一直在肆无忌惮地杀戮，这说明外星人并不了解什么是腐烂。这种猜测是有道理的，但也绝不是定论。

那股“黑烟”的成分也不清楚，但在火星人手上却有如此致命的效果。热射线的产生也仍然是一个谜。由于伊灵和南肯辛顿的实验室伤亡惨重，科学家们也不想再做进一步的研究。“黑烟”的光谱分析显示，这无疑是一种未知的元素，它会呈现出三条格外明亮的绿线；该元素可以和氩气结合，生成的化合物会立即与血液中的某种成分发生反应，致人死亡。但这都是没有定论的猜测，本书的读者大概也不会感兴趣。谢珀顿遇袭时，泰晤士河上曾漂着褐色渣滓，不过当时没有来得及进行研究，以后也再没有出现过。

关于火星人的解剖结果，我已经介绍过了，因为野狗叼走了不少。另外，自然历史博物馆陈列着几乎完整的标本，参观过的人应当都了然于心，外星人的画像也不计其数。除此之外，关于火星人的生理机能和组成就纯粹属于科学研究的范畴了。

还有一个更加严峻的问题值得人们关注，那就是火星人是否会再次入侵。在我看来，这是一个没有答案的问题。目前火星合日，但我认为，每一次火星冲日都是它们可能卷土重来的机会。无论如何，我们都应为此做好准备。我想，或许可以通过发射的位置测算出大炮在哪里，并对其进行持续观测，以便及时预知下一次的袭击。

在这种情况下，我们便可以在圆筒冷却到适合火星人出现的温度前就用炸药或火炮将其摧毁，或者圆筒一打开，我们就用炮火发动猛攻。我认为，火星人第一次入侵以失败告终，也就相当于丧失了优势。它们可能也是这么认为的。

莱辛提出火星人已经登陆金星，这已经有确凿的证据了。七个月前，金星与火星在同一条直线上。也就是说，从金星上观测的角度来看，火星此时正处于冲期。不久，在金星背对太阳的一面出现了一道明亮的曲线，几乎同时，火星照片上可以辨认出一道淡淡的痕迹，类似弧线。如果看过对比草图，就会发现二者有着惊人的相似之处。

无论如何，不管火星人是否会再次入侵，人类对于未来如何发展的思考都必须因此做出改变。我们现在深知，地球并非人类的避风港，我们无法预见下一个宇宙来客是谁，是何目的。从宇宙的层面来说，这次火星人的入侵或许并非一件坏事，它颠覆了我们对待一切事物发展都理所当然的自负态度，而这也正是一切衰落的根源所在。此外，这次事件也是对人类科学进步的巨大馈赠，并极大地普及了人类福祉这一概念。也许火星人也正在隔着浩瀚的宇宙密切观察着这批先遣部队，并从中吸取了教训。也许他们现在已在金星上安稳扎根。即便如此，我们也会在未来的日子里密切观测火星，观测那些出现在天空中的燃烧的“飞镖”，因为随着那些“飞镖”一起降落的，必然还有让人类的子孙都无法避免的隐忧。

人类在这件事情里大开眼界，这样说一点也不夸张。圆筒坠落之前，人们普遍认为，除了我们这颗微不足道的星球，无垠的宇宙里不会有其他生物存在了。如今，我们看得更深更远。如果火星人能抵达金星，那么人类没有理由无法企及。太阳逐渐降温，地球终将无法生存，也许这里的生命可以向外延伸，一直到我们的姊妹星球。

生命从太阳系这个小小温床延续到广袤无垠的银河星系，这个念头一直在我脑海里若隐若现，但这或许只是痴人说梦。不过，或许火星人这次袭击失败只不过是一个微不足道的挫折，也许未来的主人是它们，而不是我们。

我必须承认，那段压抑而危险的日子让我始终心存疑惧，无法安心。我在书房点灯写作时，偶尔会突然看到脚下那重获新生的山谷再次燃烧起熊熊火焰，偶尔也会突然感觉自己身处空荡荡的家中，周遭房屋也是一片寂静，像是与世隔绝一样。我走在拜弗利特路上，看着车辆穿行而过，一个卖肉的小伙子驾驶着两轮货车，坐满一车的游客，一个工人骑着自行车，学生们去上学。他们突然间又模糊而不真实了起来，我加快脚步，幻想和炮兵穿过这闷热得可怕的寂静。晚上，我看到黑灰将安静的街道笼罩，漫过扭曲的尸体。尸体离我很近，残缺不堪，刚刚被狗啃食过。他们说不出话来，变成了凶恶、煞白、丑陋而疯狂的鬼影。我一下醒了过来，出了一身冷汗，惊魂未定。

我身处伦敦，看着人来人往的旗舰街和斯特兰德街，仿佛他们只是过去的幽灵，茫然地穿行于寂静的大街小巷中，是这座死城里的鬼魂。就在本书完笔的前一天，我站在樱花草山上，眺望着星罗棋布的房屋，隔着一层薄雾，黯淡的淡蓝色建筑逐渐消失于模糊的天际线外。我看着花田间充满了欢声笑语，游客们纷纷抬头看着矗立在山顶的火星机器。我听到孩子们的笑声，想到最后一天的黎明之时，我就站在这里，眺望着清晰、明亮、坚韧而寂静的伦敦，真是不可思议……

然而，当我再次握住了妻子的手，想到我们双方都曾以为对方已经离自己而去，那才是最不可思议的事情。